ARCHE

Jürg Amann

Letzte
Lieben

ARCHE

Inhalt

Die Frau im Fenster

Vielleicht ist sie ja schon da gewesen, bevor er sie zum ersten Mal wahrgenommen hat. Da, direkt gegenüber, in diesem Mietshaus auf der anderen Seite des kleinen Platzes, an dem er wohnt, der früher, in früheren Jahrhunderten, ein Schild erinnert noch daran, der Postplatz gewesen ist, der Platz für die Pferdekutschen, den Pferdewechsel, der jetzt nur noch ein Parkplatz ist, im Fenster des dritten Stockwerks, ganz links, im äußersten Winkel, wo das Haus rechtwinklig an das angebaut ist, das zu seinem herüberführt, ohne allerdings daran anzustoßen, eine Gasse mündet hier in den Platz, die sein Haus von den zwei anderen trennt. Im Fenster, nicht am Fenster, denn nie, seit er sie nun beobachtet, hat er sie wirklich am Fenster gesehen, die Stirn an die Scheibe gelegt, wie er es von sich selber kennt, oder gar in dem geöffneten Fenster, sich hinausbeugend oder die Arme oder die Hände auf das Sims gestützt. Immer hält sie ihre Fenster geschlossen, auch jetzt, in der wärmeren Jahreszeit, im Frühling, im Sommer, höchstens dass sie an ganz heißen Tagen einmal, am späten Nachmittag und gegen Abend, wenn die Sonne auf ihrer Seite hereinbrennt, die Rollläden zur Hälfte herunterlässt, er hat den Vorgang selber noch nie zu Gesicht bekommen, nur das Ergebnis, wenn er nach Hause gekommen ist, sind sie manchmal auf halber Höhe gestanden. Und von der Nacht weiß er natürlich nichts, da kann es sein, dass hinter den geschlossenen Rollläden die Fenster weit offen stehen. Aber auch das hat er noch nie beobachtet, dass sie die Rollläden für die Nacht ganz hinunterlässt; nur wenn er selber nachts aufsteht, weil ihm der Harndrang den Schlaf unterbricht, stellt er fest, dass sie es inzwischen getan hat.

Vier Fenster sind es insgesamt, die er sieht, aber vielleicht gibt es ja noch andere, die für ihn nicht einsehbar sind, nach hinten, auf einen Hof hinaus, in einem zweiten Raum, von dem er von vorn, von seinem Standort aus, keine Einsicht hat, durch die sie ihre Frischluft bezieht, vier Fenster, in die er Einsicht hat, zwei doppelte, mit je zwei Flügeln, direkt nebeneinander liegend, aber sie sitzt immer am selben, dem mittleren links, von außen, von ihm aus gesehen, ihr Gesicht ist von immer demselben, von links gezählt unteren zweiten durch die Fensterkreuze sich ergebenden Rahmen gerahmt. Er sieht nur ihr Gesicht; was tiefer liegt, ist vom Fensterrahmen wie abgeschnitten, jedenfalls wenn sie sitzt, und sie sitzt eigentlich immer, er sieht sie ein wenig von unten, sein Stockwerk, obwohl auch das dritte, liegt gegenüber dem ihren ein wenig tiefer, das hat mit der unterschiedlichen Bauweise der Häuser zu tun, seines stammt noch aus dem Mittelalter, das ihre aus dem eben zu Ende gegangenen letzten Jahrhundert, wenn sie doch einmal aufsteht, und das geschieht sehr selten, und ins Zimmer zurücktritt, vielleicht um zur Toilette zu gehen, verliert er sie rasch aus den Augen. Für ihn ist sie eine Dame ohne Unterleib, und meist nicht einmal das, im Fenster, und so sieht er sie beinahe immer, ist sie eine Dame überhaupt ohne Leib.

Wahrscheinlich sitzt sie an einem schmalen Tisch, der direkt vor die Fenster gestellt ist, sie muss hinter dem Tisch sitzen, er sieht sie immer frontal, nah an der Scheibe und doch deutlich von ihr getrennt, das Gesicht ist von außen beleuchtet, von vorn, an dunkleren Tagen, an Regentagen, oder am Abend macht sie das Licht einer kleinen Lampe an, die neben ihr auf dem Tisch steht, von ihm aus gesehen rechts, im Rahmen des unteren zweiten Fensterausschnitts von rechts, einer sogenannten Architektenlampe mit einem langen, beweglichen Arm, den sie meist tief stellt, das kühle Licht, das aus dem kegelförmigen silbernen Schirm auf den Tisch fällt, erhellt ihr Gesicht von unten, das dann wie weiß geschminkt scheint und an die Schminkmasken von japanischen Tänzern oder Tänzerinnen erinnert.

Das Weiß steht im Kontrast mit dem Schwarz ihres Haars, das auch ein wenig maskenhaft oder perückenhaft geschnitten ist oder geschnitten scheint. Er kennt im Übrigen ihr Gesicht nicht, immer schon ist er ein wenig kurzsichtig gewesen, aber in letzter Zeit hat diese Kurzsichtigkeit noch deutlich zugenommen, was mehr als fünf Meter von ihm entfernt ist, erkennt er nicht scharf, auf der Straße gilt er als unhöflich, weil er nicht grüßt, natürlich hätte er eine Brille, aber seine Schamhaftigkeit oder sein Schamgefühl verbieten es ihm, sie für die Frau im Fenster, die nichts von ihm weiß, zu benutzen. Jedenfalls nimmt er an, dass sie nichts von ihm weiß. Sie gibt es jedenfalls nicht zu erkennen. Als er sie anfangs mit Kopfnicken ein paarmal gegrüßt hat, hat sie jedenfalls nicht zurückgegrüßt, sodass er es auch wieder gelassen hat. Und er zeigt sich ja auch selten direkt am Fenster, das überlässt er ihr, niemals hält er sich länger als nötig unmittelbar hinter der Scheibe des Fensters nach ihrer Seite hin auf. Sie wird ihn nicht sehen oder nicht sehen wollen.

Bevor sie eingezogen ist, ist ihre Wohnung lange leer gestanden. Das ist nicht außergewöhnlich, das kommt in diesem Haus öfter vor. Es ist ein Appartementhaus. Ein- und Zweizimmerappartements werden möbliert möglichst an Einzelpersonen vermietet, da sind häufige Mieterwechsel nichts

Ungewöhnliches. Menschen auf der Durchreise, die ein paar Wochen bleiben, Studenten, die für ein Gastsemester in die Stadt kommen, Zuzügler, die noch nichts Besseres gefunden haben, Singles, die schon bald wieder keine Singles mehr sind, steigen hier ab und quartieren sich vorübergehend hier ein. Dagegen ist sie schon ein Dauermieter. Eine Dauermieterin. Im Winter ist sie hier eingezogen. Im Winter jedenfalls ist sie ihm erstmals aufgefallen. Immer telefoniert sie. Von Anfang an hat sie den ganzen Tag und bis spät in die Nacht hinein telefoniert. Seit er sie nun ein wenig im Blick hat. Sie muss einen Beruf haben, den sie vom Telefon aus ausübt. So oft und so lange am Stück, wie sie es tut, kann jemand privat gar nicht telefonieren. So viele Bekannte, die einem so lange zuhören oder denen man so lange zuhören muss, kann man gar nicht haben. Er sieht nicht, ob sie mehr spricht oder mehr zuhört. Dazu müsste er schon die Brille aufsetzen, aber das tut er nicht, aus Prinzip. Eigentlich ist sie immer zu Hause. Und eigentlich arbeitet sie immer. Immer hat sie den Hörer am Ohr. Meistens am linken, manchmal auch am rechten, wahrscheinlich zur Entlastung der linken Hand.

Ausnahmsweise steht sie auch kurz einmal auf, vielleicht um sich ein wenig Bewegung zu verschaffen, dann sprengt sie den Fensterkreuzrahmen.

Dann hat sie auch einen Leib. Ganz leicht wiegt sie sich in den Hüften, oder sie dreht den Oberkörper einmal nach links, einmal nach rechts, als ob sie Dehnungsübungen machte, aber dann setzt sie sich gleich wieder hin. Während sie steht, hinter dem Tisch, hat er, aus seiner gegenüber der ihren tieferen Position heraus, ganz kurz einmal ihr Brustbild, das, was die Kunstgeschichte ein Brustbild nennt, normalerweise besitzt er nichts als ihr Passbild. Was heißt, besitzt, besitzen tut er hier gar nichts, er muss es sich immer neu schaffen. Jeden Tag und jede Nacht neu, auch wenn es immer das gleiche ist. Sie gehört nicht zu denen, die sich alle paar Wochen ein anderes Aussehen geben. Die ihre Frisur schneller wechseln als er die Hemden. Porträt einer jungen Frau mit Hörer am Ohr, so müsste das Bild heißen, wenn Vermeer sie noch malen könnte. In immer wieder anderem Licht. Von draußen und drinnen, in allen Mischungen, Tageslicht, Abendlicht, Kunstlicht. Im Licht der verschiedenen Jahreszeiten. Die Frau am Fenster. Die Frau im Fenster. Aber ist sie denn jung? Warum jung? Selbst das weiß er nicht sicher. Ohne die Brille für die Ferne. Die er zwar hat, aber nicht aufsetzt. Er kennt das von der Straße, da werden die Menschen ja auch immer älter, je näher sie kommen; weil er auf Distanz ihre Falten nicht sieht. Hat sie schon Falten? Er weiß es nicht.

Vielleicht hat sie Kinder. An der Wand hinter ihr, schräg über ihrem Kopf, von ihm aus gesehen links, hängen zwei Kinderzeichnungen. Das meint er je nach Lichteinfall zu erkennen, auch ohne Brille, auch wenn er nur unter Zuhilfenahme der Brille genau sagen könnte, was auf ihnen zu sehen ist. Kinderzeichnungen sind es, da ist er sich sicher; aber wo sind die Kinder? Sind die schon groß, sind die schon ausgeflogen? Oder ist nur sie von ihnen weggezogen und hat die Zeichnungen, von jedem eine, zur Erinnerung mitgenommen? Hat sie sie verlassen? Oder hat ihr Mann oder einer, der einmal ihr Mann gewesen ist, warum auch immer, die Kinder zu sich geholt? Sind sie alle bei einem Unfall ums Leben gekommen, und ist sie allein zurückgeblieben und muss eine billige Wohnung nehmen und sich mit einem Telefonjob durchschlagen? Noch nie hat er Kinder bei ihr gesehen. Oder sind die noch so klein, dass sie sich unter seiner Sichtlinie bewegen? Das kann er nicht glauben, dann hätte sie wenigstens einmal in seiner Anwesenheit eines von ihnen hochgehoben. Ans Fenster, auf das Fenstersims. Hätte ihm etwas von dort aus gezeigt. Unten auf dem Platz, in der Luft, am Haus gegenüber, also an seinem. Eine aus dem Himmel fallende Schneeflocke. Einen Spatz, eine Taube. Dann könnte sie auch ihren Telefonjob, so rund um die Uhr, gar nicht machen.

Sie macht ihn ja rund um die Uhr. Wenigstens immer, wenn er sie sieht, unabhängig von Tages- und Uhrzeit. Schlafzeiten ausgenommen. Immer dann jedenfalls, wenn er wach ist. Wenn er sie dabei beobachtet. Was ist das überhaupt für ein Job? Den sie vom Telefon aus macht? Den sie zu Hause ausüben kann? Denn das da drüben ist ihr Zuhause, das kann er sehen, Tag und Nacht hält sie sich darin auf. Das kann er an den an- und ausgehenden Lichtern feststellen, selbst dann, wenn die Rollläden unten sind. Dann erst recht. Durch die Rollläden hindurch, in die zwischen den einzelnen Lamellen ja Luftschlitze eingelassen sind. Vorhänge hat sie nicht, oder zieht sie wenigstens nicht zu. Dann kommt zu der Tischlampe meist noch eine Deckenleuchte hinzu. Also das weiß er, das hat er so im Gefühl, sie verbringt auch ihre Nächte da drüben. Und wenn sie einmal weg ist, ist sie ganz weg. Wie er. Für ein paar Tage, für ein paar Wochen. Dann macht sie Urlaub von ihrem Job. Oder sie nimmt den Job mit in den Urlaub, das entzieht sich seiner Kenntnis, das kann sie ja, theoretisch. Wenn sie ihn von da drüben aus ausüben kann, kann sie ihn von überall aus ausüben, das ist nur logisch. Aber dann ist sie wieder da, wie er auch. Ganz.

Ob sich ihre Ferien auch manchmal mit den seinen überschneiden, weiß er natürlich nicht. Wenn er nicht da ist, weiß er auch nicht, wo sie ist. Aber wenn sie da ist, wenn er auch da ist, verlässt sie ihren Posten nie, so viel ist sicher. Nur um zu essen, geht sie von Zeit zu Zeit aus dem Haus. Denkt er sich; notgedrungen. Aber nicht einmal das ist erwiesen, noch nie hat er sie unten, am Platz, aus dem Hauseingang treten sehen. Oder im Hauseingang verschwinden. Jemanden, der so aussieht wie sie. Soweit er das auf die Entfernung beurteilen kann. Direkte Einsicht auf den Eingang hat er ohnehin nicht, er liegt etwas versteckt, um das Hauseck, etwas vertieft, etwas zurückversetzt in der Hausfront, auf der vorderen Gassenseite, nicht auf der Seite zum Platz; wenn sie, die Gasse herab, in sein Blickfeld geriete, könnte er sie nicht von einer gewöhnlichen Passantin unterscheiden, wenn sie in die andere Richtung, nach links, die Gasse hinauf, wegginge, würde er sie gar nicht zu Gesicht bekommen. Vielleicht wechselt sie nur das Zimmer, vielleicht geht sie zum Essen nur in die Küche, sicher hat die Wohnung ja auch eine Küche. Zumindest eine Kochnische, in der sie auch etwas essen kann. Und natürlich ein Badezimmer. Dahin verschwindet sie manchmal. Das geht ja nicht anders. Dafür, zur Verrichtung der Notdurft und zur Befriedigung der übrigen leiblichen Bedürfnisse, muss sie den Posten vorübergehend verlassen. Darum macht sie am Abend im Wohnzimmer kurzzeitig das Licht aus.

Um es gleich wieder anzumachen, wenn sie zurückkehrt, aus der Küche oder von draußen, gleichviel, das kann er nicht wissen, er kann ja nicht gleichzeitig die Gasse vor ihrem Haus und ihr Fenster im Auge behalten. So weit will er nicht gehen, dass er sich dazu aus dem eigenen Fenster lehnt, nicht einmal nachts, das aber müsste er.

Wenn sie tagsüber ihren Posten verlässt, und das ist selten genug, jedenfalls ist es selten, dass er es sieht, dann wohl zum Einkaufen. Oder geht sie auch aus? Oder trifft sie auch andere Menschen? Nur einmal abends hat er in ihrer Wohnung einen anderen Mann gesehen, in all den Wochen und Monaten. Einen Mann, muss er sagen, sich selbst darf er nicht zählen, ihn kennt sie ja nicht, von ihm weiß sie nichts. Davon geht er jedenfalls aus. Da sind sie sich gegenübergestanden; da hat er ihrer beider Brustbild gehabt, im Querformat, wenn auch im Profil; da haben sie aufeinander eingesprochen, so hat es ausgesehen, was, weiß er natürlich nicht, er sieht sie ja immer nur sprechen, er hört sie nicht, hinter der Fensterscheibe; da hat sie die Stellung für einmal verlassen. Und dann war das Licht ausgegangen, für eine Weile, und dann war das Licht wieder angegangen, und dann war der Mann wieder weg, und sie war wieder allein, an ihrem Platz, im Fenster, im Lichtschein der Lampe, und sie trug wieder die japanische Maske, die Maske der japanischen Tänzerin, ihr weißes Gesicht.

Einmal hat er sie ja tatsächlich eine Art Tanz aufführen sehen, so hat es auf ihn gewirkt, von den Hüften an aufwärts zumindest; den Rest, ihre Beine, hat er dabei nicht gesehen, den sieht er nie, aus seiner Lage, von seinem Standort aus; zumindest hat sie die Arme auf eine ihm fast rituell scheinende Weise in äußerster Streckung nach oben über dem Kopf verrenkt; vielleicht sind das aber auch wieder nur Dehnungsübungen gewesen, nach einem langen Tag, nach zu langem Sitzen, und jedenfalls war es auch gleich wieder zu Ende.

Ein andermal hat er sie malen gesehen. Im Stehen, nach links hin, von ihm aus gesehen. Dort, vor der linken Wand, muss eine Leinwand gestanden haben, auf einer Staffelei, oder eine Holzplatte oder ein Stück Karton oder auch nur ein großes Blatt Papier, oder direkt an der Wand gehangen, das hat er ja nicht gesehen, dorthin hat er von seinem Standpunkt aus keine Einsicht. Nur sie hat er gesehen, von der Seite, stehend, mit einem dünnen Pinsel in der rechten Hand, mit dem hat sie, einen Schritt vor, einen Schritt zurück, einen Schritt wieder vor, auf das Blatt, auf die Holzplatte, auf die Leinwand, auf was auch immer, eingestochen.

An Florettfechten haben ihn ihre Bewegungen erinnert. Da muss sie etwas gemalt haben, was, hat
er nicht gesehen, aber vielleicht ist es ja das, was
jetzt hinter ihr, rechts neben den Kinderzeichnungen und etwas höher, und viel, viel größer, an
der gegenüberliegenden Wand hängt. Vielleicht
sind ja die Kinderzeichnungen auch keine Kinderzeichnungen, sondern ihre Art von Kunst. Und jedenfalls hat das alles so lange gedauert, dass ihm
langweilig geworden ist, dass er das Ende nicht ab-
gewartet hat, dass er zwischendurch auf die Toilette
gegangen ist; aber als er wieder zurück gewesen ist
und als er wieder hingeschaut hat, war dann auch
das wieder vorbei.

Wer ist sie, was tut sie, was treibt sie da, wie geht das
alles zusammen? Immer zu Hause, immer am Telefon, und einmal im Halbjahr ein Bild malen, und
einmal im Halbjahr ein Mann? Von den Kinderzeichnungen gar nicht zu reden, wenn es denn Kinderzeichnungen sind, die hinter ihr an der Wand
hängen, zu denen es keine Kinder gibt, jedenfalls
nicht hier, dort, da drüben, bei ihr. Wo sind sie?
Wo sind sie geblieben? Wo hat sie sie gelassen? Wo
ist sie gewesen, bevor sie hier plötzlich aufgetaucht
ist, in diesem Fenster, in diesem Zimmer, im Haus
gegenüber? Woher kommt sie überhaupt? Hat sie
ein Recht, da zu sein, wo sie jetzt ist? Ist sie legal

hier, ist sie illegal? Fragen über Fragen, die er nicht beantworten kann, die er sich aber stellt.

Spricht sie auch manchmal mit ihren Kindern? Was spricht sie, wenn sie spricht? Wie spricht sie, in welcher Sprache? Ist sie wirklich Japanerin oder Chinesin, wie es bei bestimmter Beleuchtung den Anschein macht? Er weiß ja nicht, wie sie spricht. Zwar sieht er, wie sie spricht, aber er hört sie nicht; die Fenster sind, wenn sie am Sprechen ist, immer geschlossen. Er sieht sie sprechen, ihren Mund, ihre Lippen bewegen, aber er hört ihre Sprache nicht. Er weiß nicht, welche Sprache sie da, im Fenster, gerade spricht. Dann gerade, wenn er es wissen möchte, und überhaupt. Vom Lippenlesen versteht er nichts; und ohne Brille hätte er da ohnehin keine Chance. Vielleicht spricht sie mehrere Sprachen. Vielleicht hat man ihr diesen Telefonjob gegeben, weil sie mehrere Sprachen spricht. Fließend, so heißt das. Das wird ja heutzutage von einem verlangt. Fließend spricht sie, das sieht er, so weit geht sein Lippenlesen denn doch. Und sie spricht frei, sie liest nicht vom Blatt ab, sie macht sich keine Notizen, das würde er sehen. Vielleicht nicht direkt sehen, aber an ihrer Kopf- oder Armhaltung erkennen. Aber was heißt das, was hilft ihm das weiter? Und weiter wohin?

Er könnte natürlich hingehen, zur Hausverwaltung, unter irgendeinem Vorwand, und nach ihr fragen, die wüssten über die Herkunft ihrer Mieter ja sicher Bescheid, und nachfragen, aber das will er nicht, das wäre gerade so, wie wenn er die Brille aufsetzen würde. Oder er könnte die ältere, weißhaarige Frau fragen, die auch in ihrem Haus wohnt, in einer Wohnung allerdings, in die er keinen Einblick hat, nach hinten hinaus wahrscheinlich oder seitlich gelegen, die immer, wenn sie das Haus verlässt, und das tut sie täglich, mit schnellen Schritten, am Morgen und gegen Abend, zwei Plastiktüten an den Händen trägt, aus denen sie ihren Tagesabfall in die umliegenden Abfallkörbe verteilt; er hat sie oft dabei beobachtet, er ist ihr oft dabei begegnet, in den benachbarten Gassen; verbotenerweise, entgegen der städtischen Abfallordnung, die dafür nur ganz bestimmte, gegen Gebühr zu erwerbende Abfallsäcke und ganz spezielle Abfallcontainer vorsieht, die überdies seit Neuestem unterirdisch an bestimmten Sammelstellen eingerichtet sind; auch die könnte er fragen, die würde über ihre Mitbewohnerin vielleicht etwas wissen, das traut er ihr zu, so schätzt er sie ein; aber das wäre ihm alles zu einfach, er will schon selber hinter die Sache kommen, jetzt, da er einmal Blut geleckt hat, ganz abgesehen davon, dass er die Frau auch gar nicht kennt. Vorher noch würde er es sich vielleicht einmal gestatten, selber zu dem gewissen Hauseingang hinüberzugehen, um die Namensschilder unter den Klingelknöpfen zu überprüfen. Ob daraus irgendein Aufschluss zu erhalten wäre. Selbst das hat er sich bisher, wenn er in Versuchung dazu geraten ist, immer versagt.

Umfragen konnte sie machen, das ging von zu Hause aus, statistische Erhebungen durchführen, dazu reichte ein Telefon, dazu musste man nicht aus dem Haus, und dazu musste man auch keine langen Aufzeichnungen machen, da genügte ab und zu ein Kreuz an der richtigen Stelle, und das würde ihm dann, über die Distanz hinweg, auch gar nicht auffallen. Oder Bettel- oder Werbegespräche führen, für irgendwelche mehr oder weniger gemeinnützige Institutionen oder dubiose Produkte, das gab es ja immer häufiger, von solchen Stimmen war er selber tatsächlich in letzter Zeit immer öfter belästigt worden. Das war eine Seuche. Das war epidemisch. Und mehr als einmal war er in so einem Fall auch schon unfreundlich geworden. Aber wenn es so wäre, wenn sie das täte, wenn das die Tätigkeit der Frau von gegenüber war, dann musste er sich diese Unfreundlichkeiten wieder abgewöhnen, dann musste er auf den Zufall hoffen und geradezu darauf warten, dass es bei ihm wieder in solcher Angelegenheit einmal klingelte und dass wieder eine solche Telefonstimme ihn zu irgendetwas zu überreden versuchte, das er nicht brauchte und das er nicht wollte, bis eines fernen Tages, den er sich erdauern musste, sie es war, die Frau von gegenüber, die Frau im Fenster, die zu ihm sprach, mit Engelszungen, der er ihr da gegenübersaß, an seinem Fenster, an seinem Telefon, mit dem Hörer an seinem Ohr, und bis er es auch sah, was er hörte, aus ihrem Mund, auf ihren Lippen, bis er es von ihren Lippen lesen konnte, trotz der Distanz und trotz seiner schlechter gewordenen Augen, einfach weil die Übereinstimmung von Hören und Sehen so unbezweifelbar war, dass ihm Hören und Sehen verging.

Aber er weiß, wenn das ihre Tätigkeit wäre, dann hätte er keine Chance. Die Gesetze der Wahrscheinlichkeitsrechnung stünden nicht auf seiner Seite. Das würde er nicht mehr erleben. Dass der Zufallsgenerator oder sie selbst aus der unendlichen Reihe der Telefonbucheinträge ausgerechnet den seinen auswählte. Dazu, um einmal im Leben noch Neujahr an Weihnachten zu feiern, ist er schon zu alt.

Stattdessen, statt darauf zu warten, studiert er in den verschiedenen Zeitungen die Rubrik Telefonkiosk. Unter diesem Titel laufen die entsprechenden Anzeigenseiten. Um dem Zufall vielleicht ein wenig nachzuhelfen. Was die da alles verkaufen. Vor allem eines, in den verschiedensten Varianten. Er probiert alles durch, seitenlang, stundenlang, tagelang, es schlägt auf die Telefonrechnung, und er ist noch lange nicht am Ende, wenn das so weitergeht, bringt er sich noch ans Hungertuch oder an den Bettelstab, aber nie hat er auch nur von ferne das Gefühl, mit ihr, gerade mit ihr, verbunden zu sein. Auch wenn sie im Fenster sitzt und spricht, während er hinter dem seinen horcht, es wird nie synchron. So viel kann er sagen, auch ohne Brille. Und er muss es sich zugeben, ein paarmal hat er ja doch zur Brille gegriffen. Nur kurz; um sie aber gleich wieder abzulegen. Er ist überzeugt davon, dass er es sofort spüren würde, dass er es sofort wüsste, wenn sie es wäre. Dass es der berühmte Blitz wäre, der ihn dann träfe. Und genau genommen, im Grunde, wenn er es richtig bedenkt, ist er ihr dankbar dafür, dass sie es niemals ist und dass der Blitz ihn nicht trifft.

Jetzt ist sie wieder einmal in den Ferien. Schon seit ein paar Tagen. Die Rollläden halb unten, kein Licht bei Tag und bei Nacht. Und er fährt nun auch gleich, wie immer im Herbst, in den Süden, obwohl es auch hier jetzt noch warm ist. Trotzdem. Italien muss es schon sein. Und als er zurückkommt, ist sie nicht zurück. Ist sie gar nicht mehr da. In ihrem

Fenster. Und auch die Lampe ist weg. Die Kinderzeichnungen sind abgehängt. Das große Bild auch.
Die Fenster stehen weit offen. Das Zimmer ist leer.

Besuch bei den Eltern

Es war frühmorgens, als A. am Schlossplatz aus dem U-Bahnschacht an die Erdoberfläche zurückstieg und ins Tageslicht hinaustrat. U-Bahnstation Schlossplatz. Arbeiten waren im Gange. Das alte Schloss hatte hier gestanden. Mehrere Kriege hatten es längst beseitigt, nur der Platz hatte seinen Namen behalten, nun sollte es wieder aufgebaut werden, an alter Stelle, Vorkehrungen wurden getroffen, A. hatte davon gehört.

Am Vortag schon war er angekommen. Die Beerdigung eines Freundes aus früherer Zeit hatte ihn in die Stadt gebracht. Er hatte ihn nicht mehr gekannt, aber er hatte von seinem Ableben in der Zeitung gelesen, und eine gemeinsame Bekannte hatte ihn angerufen, da sie fürchtete, es würden ohne sie beide nicht genügend Menschen Abschied von ihm nehmen. Halb hatte er zugesagt, halb sich aber vorbehalten, doch nicht zu erscheinen, falls das Wetter oder andere Umstände nicht danach wären, es war eine weite Reise, und es ging schon gegen Herbst.

Es hatte geregnet. Trotz des Regens war er aufgebrochen. Der Regen war im Lauf des Tages in einen

kaum mehr wahrnehmbaren Nieselregen übergegangen. Trotzdem nässte er Haut und Haar. Immer
von Neuem hatte A. seinen Schirm versuchsweise
geschlossen, dann wieder aufgemacht. Er war zu
spät gekommen. Er hatte sich in der Stadt verirrt.
Mit den öffentlichen Verkehrsmitteln war er zuerst
in die verkehrte Richtung gefahren. Mehrere Um-
steigevorgänge hatten ihn zu viel Zeit gekostet. Als
er ankam, war das Grab schon zu. Die Menschen,
falls welche da gewesen waren, waren gegangen. Das
Holzkreuz mit dem Namen des Toten war in den
frischen Erdhügel eingesteckt; er sagte ihm nicht
mehr viel. Ein paar Kränze, ein paar Blumengebin-
de lagen darum herum im feuchten Gras. Mit den
Namen auf den Schleifen daran verband er nichts.
Und plötzlich, während er am Grab stand, war es
ihm eingefallen, dem Haus seiner Eltern, das in der
Stadt stand, auf der anderen Seite, einen Besuch ab-
zustatten. Er war schon lange nicht mehr dort gewesen, und für die Heimkehr noch am Abend war
es ohnehin schon zu spät.

Für die Nacht hatte er sich ein Zimmer in einem
kleinen Hotel in der Stadtmitte gleich hinter dem
Bahnhof genommen. Von seinem Fenster im fünften
Stockwerk aus hatte er auf der Straße, auf den Geh-
steigen, in den Häusern gegenüber auf den Verkehr
der Freier hinuntergesehen. Wie sie hineingingen,

wie sie herauskamen, wie die Fenster geschlossen und wieder geöffnet, Vorhänge zu- und wieder aufgezogen wurden. Er hatte selbst Lust bekommen. Schon nach dem verspäteten Friedhofsbesuch, auf seinem Weg in die Innenstadt zurück, hatte er sich gefragt, ob er nicht vielleicht die Bekannte anrufen sollte, die umgekehrt ja ihn angerufen hatte; er hatte es zunächst gelassen, nun hatte er es doch noch getan.

Er hatte sie ins Hotel bestellt. Sie war einverstanden gewesen. Gegessen hatte er schon vorher etwas Kleines an einer Imbissbude. Nur etwas zu trinken hatte er für sie noch vom Tresen aufs Zimmer geholt. Sie hatten auf den gemeinsamen Toten angestoßen, auf die gemeinsamen Zeiten mit ihm und miteinander. In Wirklichkeit war es nichts Nennenswertes gewesen. Trotzdem stießen sie noch einmal darauf an, bevor sie die Gläser auf dem Nachttisch abstellten und sich gegenseitig die Kleider vom Körper streiften.

Schon da hatte er keine Lust mehr auf sie gehabt; aber es wäre zu beleidigend gewesen, es ihr zu sagen. Ihre Brüste, die er anders in Erinnerung hatte, waren inzwischen zu groß geworden, zu lang; wahrscheinlich hatte sie ein paar Kinder daran gestillt, er wusste es nicht, danach konnte er jetzt nicht fragen; sie hingen zu weit hinab; wenn sie sich bückte, berührten sie ihre Knie. Nachdem sie ihn ausgetrunken hatte, hatte er keine Lust mehr auf eine Fortsetzung gehabt. Er hatte sich wieder angekleidet. Er hatte sie weggeschickt. Er hatte keine Lust gehabt, mit ihr zu frühstücken. Ärztin war sie also geworden, wie er einmal Arzt hatte werden wollen. Er war es nicht geworden. Sie werde bald nach Afrika auswandern, hatte sie noch gesagt. Er hatte sie an die Tür begleitet.

Nun stand er da, am Schlossplatz, und suchte nach der richtigen Straße. Der Name fiel ihm nicht ein. Er hatte ihn auf der Zunge, aber wenn er ihn aussprechen wollte, verschluckte er sich daran. Nur die Vokale, die er enthielt, konnte er förmlich schmecken: I, E, in dieser Reihenfolge; aber die Konsonanten, die Mitlaute, wie er es in der Schule gelernt hatte, vor wie vielen Jahren?, schwangen nicht mit. Wenn er den Namen gelesen hätte, auf einem Schild, weiß auf blauer Emaille, er hätte ihn aber erkannt. Er las ihn nicht. Er musste sich durchfragen. Die Richtung wusste er noch, vom Schlossplatz stadtauswärts. Er gab Beschreibungen ab, von der Gegend, von der Straße, vom Haus, von den Eltern; die Menschen, die er überall anhielt, die unterwegs zu ihrer Arbeit waren, antworteten mit Vermutungen. Seine Eltern kannten sie nicht.

Je näher er kam, umso mehr kannte er sich selbst wieder aus. Das war sie, die Straße, und da war auch der Garten, in dem die Eltern immer gearbeitet hatten, und da die Bank, auf der sie sich ausruhten, und dahinter das Haus. Das Gartentor war nur angelehnt. Das vertraute knarrende Geräusch, als er es öffnete. Und unter den Schuhen, als er in den Gartenweg einbog, das vertraute Knirschen von Kies. Alles wie früher, alles wie damals, alles wie immer. Aber als er endlich vor dem Haus seiner Eltern stand, klein wie ein Kind, groß wie ein Erwachsener, alt, wie er halt alt war, waren sie gar nicht zu Hause.

Er war ein wenig ratlos. Er wusste nicht, ob sie nur ausgegangen waren oder ob sie hier gar nicht mehr lebten. Zu lange hatte er sich nicht mehr nach ihnen erkundigt. Das Namensschild unter der Klingel, die er schon mehrmals betätigt hatte, ohne dass aus dem Innern des Hauses etwas zu hören gewesen wäre, weder Läuten noch eine Stimme noch Schritte, war nicht beschriftet. Trotzdem ließ er einen Zettel zurück, den er unter die Türleiste steckte: Wollte heute zu Euch, Euer Sohn, mit Datum und Uhrzeit. Noch einmal drückte er auf die Klingel, lange, anhaltend, mit dem ganzen Druck seines rechten Daumens, ohne dass davon eine Wirkung ausgegangen wäre, dann machte er sich auf den Weg zurück.

Aber als er die U-Bahnstation erreichte, schneller als erwartet, der Rückweg war kürzer gewesen als der Weg von dort her, so wenigstens schien es A., die Umwege hatte er sich geschenkt, da war sie geschlossen. Rot-weiße Absperrungen waren quer vor alle Eingänge gestellt. Die Schächte waren mit übermannshohen Scherengittern versperrt. Arbeiter in orange-weißer Schutzkleidung waren damit beschäftigt, Umleitungsschilder anzubringen. Dort drüben fahren noch Busse, sagten sie, als A. eine Gruppe von ihnen fragte, wie er nun weiterkomme, und zeigten mit Kopfbewegungen oder mit den Händen, die in schweren Schutzhandschuhen steckten, in verschiedene Richtungen.

Als er dort ankam, dort drüben, an einer der bezeichneten Haltestellen, zu Fuß, durch viel Gegenverkehr, um verschiedene Gebäudeecken herum, im Geschiebe der andern Passanten, waren die Busplattformen mit Wartenden über und über besetzt. Zum Bahnhof?, fragte er, indem er sich zu ihnen stellte. Da drüben, sagten einige und zeigten mit ausgestrecktem Arm auf eine gegenüberliegende Haltestelle. Andere, zwischen denen er sich durchzwängte, waren gegenteiliger Meinung. Busse waren keine zu sehen. Als endlich doch einer kam, war er schon voll. Weitere füllten sich vor seiner Nase, bevor die Reihe an ihm war. Mit geschlossenen Türen, durch deren Fugen Regen-mantelenden und Schirmspitzen herausstachen, offenbar war auch für diesen Tag wieder Regen angesagt, der aber noch nicht gekommen war, rollten sie wieder an. Rot hoben sie sich von der grauen Masse der Menschen ab, die immer mehr und nicht weniger wurden.

Er wollte ein Stück weit zu Fuß gehen, bis zur nächsten Station, er folgte den Busspuren, der Weg war nicht zu verfehlen. Er war nicht der Einzige. Ganze Völkerwanderungen ergossen sich stern-förmig auf den Busspuren nach allen Seiten in die angrenzenden Straßen hinaus, so auch in seine. An der nächsten Haltestelle war es dasselbe. An der übernächsten noch einmal. Nur dass hier weniger Buslinien zusammenkamen und auseinanderliefen. Menschen von allen Seiten liefen zusammen, und Menschen liefen nach allen Seiten hin auseinander. Aber je länger er ging, umso weniger waren sie. Umso weniger gingen mit ihm, umso weniger kamen ihm entgegen. Und auch die Busse, die ihm gelegentlich noch entgegenkamen oder die ihn gelegentlich überholten, waren immer weniger voll. Es wäre jetzt darin Platz für ihn gewesen. Dumm nur, dass er sich immer gerade zwischen zwei Sta-tionen befand, wenn sie an ihm vorbeifuhren. Auf sein wildes Gestikulieren reagierten die Fahrer nicht, auf offener Strecke gab es kein Halten, Ausnahmen wurden auch am fraglichen Tag nicht gemacht.

Ohnehin wurden es immer weniger Busse. Wie es auch immer weniger Menschen geworden waren, die nach den Bussen verlangten. Als er endlich einen erwischte, weil er genau zur richtigen Zeit am richtigen Ort war, war er darin beinahe allein. Nur ein in sich verschlungenes Liebespaar, das ihn nicht beachtete und das wahrscheinlich den ganzen Tag im Bus verbrachte, weil es kein anderes Dach über dem Kopf hatte, fuhr mit ihm mit. Und als er den Fahrer, der schon im Voraus den Kopf schüttelte, weil man ja nicht mit ihm sprechen sollte, wie das Schild neben ihm sagte, trotzdem danach fragte, machte dieser ihm klar, dass er im falschen Bus saß. Die Gegenrichtung wäre richtiger gewesen. Oder aber, er fuhr noch ein Stück mit und stieg dann auf eine andere Linie um. Das wäre die kürzeste Verbindung gewesen. Von der der Fahrer aber nicht wusste, ob sie noch in Betrieb war. Er selbst fuhr jetzt ins Depot.

Also war A. ausgestiegen. Er hatte die Fahrbahn gewechselt und wartete dort auf den Bus in die andere Richtung. Er war allein. Aber der Bus zurück kam nicht. Es kamen überhaupt keine Busse mehr, weder in die eine noch in die andere Richtung.

Obwohl gemäß Anzeige alle zehn Minuten Busse in beide Richtungen hätten verkehren müssen. Und selbst an Sonn- und Feiertagen noch alle fünfzehn Minuten. Aber es war ja kein Sonn- oder Feiertag gewesen, nicht einmal ein Samstag, ein Sonnabend, wie sie hier sagten, sondern ein ganz gewöhnlicher Werktag. Er hatte sie ja gesehen, die Arbeiter, auf den Straßen, am Schlossplatz, die Menschen, die ihrer Arbeit nachgingen, er war ihnen doch begegnet. Wo waren sie jetzt? Es gab keine Menschen mehr in den Straßen. Jedenfalls nicht hier, wo er jetzt war. Es gab keine Busse mehr, die sie beförderte hätten. Auch keine Taxis. Dass es schon lange her war, seit er die letzten fahrenden Autos gesehen hatte, fiel ihm erst jetzt auf. Nur an den Straßenrändern standen sie, wie eh und je, die Gehsteige waren vollgestellt mit ihnen.

Die ganze Stadt war offenbar stillgelegt. Schien auf ihren Umbau oder Abriss zu warten. Die Innenstadt ohnehin, aber auch immer weiter hinaus, immer entlegenere Stadtteile schienen davon betroffen. Die weiteren Haltestellen, die U-Bahnstationen, die er mühsam zu Fuß erreicht hatte, waren alle geschlossen, die Gelände darum herum durch Bauschranken großräumig abgesperrt, von Bauzäunen umgeben, an denen überall Warnschilder angebracht waren: Betreten auf eigene Gefahr!

Betreten verboten! Baumaschinen standen herum.
Von Bauarbeiten und Bauarbeitern war aber nichts
zu sehen.

A. ging weiter, weiter stadtauswärts, in die Hügel
hinaus, in die Vorstadt. Mittag war schon vorbei.
Die Sonne schien jetzt. Er hatte Hunger und Durst.
Seit dem kärglichen Frühstück im Hotel hatte er
nichts mehr zu sich genommen. Er hielt Ausschau
nach einem Geschäft oder nach einem Gasthaus, in
dem er das Versäumte nachholen konnte, las die
Beschriftungen an den Häusern, über den Schau-
fenstern, über den Eingängen, wechselte ein paarmal die Straßenseite, sah in die Nebenstraßen und
Gassen hinein. Nichts war geöffnet, alle schienen
noch in der Mittagspause zu sein. Ihren Mittags-
schlaf abzuhalten. Eine große, auf der einen Seite
besonnte, auf der anderen Seite beschattete Ruhe
lag über allem. Warmes, gelbes Herbstlicht floss
durch die Rinnsteine herab und versickerte zwischen den Pflastersteinen. Keine Autos verstellten
hier die Straßenränder und Gehsteige. Er sah überhaupt keine Autos. Autos schien es hier nicht zu
geben.

Weiter aufwärts öffnete sich die Straße, die er hin-
anstieg, ohne dass es vorauszusehen gewesen wäre,
auf einen kleinen Platz, mit einem Brunnen in

34

der Mitte, um den herum Marktstände aufgebaut waren, die sich in die Straßen und Gassen hügelwärts fortsetzten. Also hier waren die Menschen jetzt! Hin und her gingen sie, trugen Waren von Stand zu Stand, beförderten Güter dahin und dorthin, auf dem Rücken, in Säcken, in Körben, auf kleinen Wagen, Früchte, Gemüse, Getränke, Fisch, Fleisch, kauften, verkauften, fluchten, lachten, riefen sich zu, unterhielten sich scherzhaft und ernst miteinander.

A. hatte sich am unteren Rand des Platzes auf eine Bank gesetzt, um sich einen Augenblick auszuruhen, und ihnen zugesehen. Er stand auf. Er trat zu ihnen. Er mischte sich unter sie. Ließ sich von ihnen hierhin und dorthin durch die von den Ständen und Auslagen gebildeten Marktgassen schieben, wurde am oberen Rand wieder ausgespült. Gerade noch, dass er sich an einer Bretterbude ein Getränk, dessen Namen er nie gehört hatte, und ein gewärmtes, der Länge nach aufgeschnittenes, mit Gemüse gefülltes Brot hatte kaufen können, das da als Paradiesbrot gehandelt wurde, an dem er nun kaute, während er höher und höher stieg.

Bis er vor einem aus Holz und Glas gebauten niedrigen Haus stand, das da ganz oben, direkt an der Kuppe des Hügels lag. Hier war er noch nie gewesen.

Hinter dem Glas, in einer Art Wintergarten, in seinem Ohrensessel und in ihrem Schaukelstuhl, einander schräg gegenüber, sah er seinen Vater und seine Mutter sitzen, er in ein Buch vertieft, sie in eine Handarbeit, die sie auf den Knien hielt und über die sie sich beugte. Sie hörten Musik. Wahrscheinlich Mozart, vielleicht aber auch Haydn. Er selbst konnte die Musik nicht hören, aber er sah es daran, wie sie ihr, wenn sie sie einmal vom Buch oder von der Handarbeit lösten, ihre Gesichter entgegenhielten. Noch nie hatte er sie so zufrieden zusammen gesehen. So friedlich. So glücklich. Vorsichtig klopfte er mit den Knöcheln an die Verandatür. Er wollte nicht stören. Komm herein, sagte der Vater, der sein Buch zuschlug und es beiseitelegte. Noch einmal: Komm herein, sagte die Mutter, während sie den Kopf hob und ihre Handarbeit sinken ließ. Die Tür war offen. Hier wohnt ihr jetzt also?, sagte A., während er eintrat. Von der Musik war kein Ton zu hören.

Julia Jentsch – Ein Traum

Julia Jentsch, die wunderbare Schauspielerin, die im Film die Sophie Scholl verkörpert hat, näherte sich mir in der Theaterkantine. Nähern ist nicht ganz das richtige Wort, sie bedrängte mich. Ich stand mit dem Rücken zur Wand, zum Fenster, zur Wand mit dem Fenster. Es war Nacht, die Vorstellung lange vorbei, das Premierengeplauder noch immer im Gang. Den Lügenparcours hatte ich hinter mir, das Beglückwünschen, das Loben, das Beschwichtigen. Mit ihr hatte ich nicht gesprochen, ich kannte sie nicht persönlich, sie hatte heute die Lotte in »Groß und klein« gespielt. Sie kam auf mich zu, mit zwei Gläsern Rotwein in den Händen, von denen sie mir eines überreichte. Ich hatte vorher Weißwein getrunken, das leere Glas versuchte ich seitwärts auf dem Fensterbrett abzustellen, aber sie stellte sich so vor mich hin, dass ich mich kaum bewegen konnte. Sie rückte mir auf den Leib, so empfand ich es. Sie stieß mit mir an, aber sie stand so nahe vor mir, dass ich mein Glas für den ersten Schluck kaum vor den Mund bekam. Ich drängte sie ein wenig zurück, mit dem Kopf. So nahe stand sie mir schon, dass ich den Kopf dafür einsetzen musste. Die Hände hatte ich ja nicht frei. Ich drückte meine Stirn gegen ihre

Stirn. Aber sie wich nicht zurück, keinen Schritt, nicht den kleinsten, im Gegenteil, sie stemmte mit der Stirn dagegen. Mein Hinterkopf presste schon gegen die Wand, ich trat ein wenig zur Seite, so gut das ging, um Raum zu gewinnen, in die Nische des Fensters, dort lag er auch schon am Glas. Gleich würde die Scheibe nachgeben, ich spürte die Spannung im Rücken. Was tun Sie?, fragte ich sie: Was soll das bedeuten? Nun gab sie ein wenig nach. Sie bog ihren Hals zurück, den ich aus dem Kino gar nicht als so lang in Erinnerung hatte, sie brachte ihren Kopf seitlich zu meinem, sie suchte von dort aus mit ihrem Mund meinen Mund. Sie knabberte an meinen Lippen. Sie wurde weich, küsste mich, zart, nur Lippen auf Lippen. Ihr langes dunkles Haar rahmte das Bild. Im Film hatte sie kürzeres Haar gehabt, auf der Bühne hatte sie eine helle Perücke getragen.

Nein, wissen Sie, sagte ich, indem ich mich löste. Und ich deutete mit meiner rechten auf meine linke Hand, auf den Ring dort am Finger. Es gelang mir endlich, die beiden Weingläser auf einen Beistelltisch in der Nische zu stellen. Wären Sie denn überhaupt frei?, fragte ich. Sie lächelte. Dann begann sie zu lachen. Ja, sagte sie, zufällig; zufällig wäre ich gerade frei, seit ein paar Tagen; aber das tut eigentlich nichts zur Sache. Wie, das tut nichts zur Sache?, dachte ich: Wie tut das nichts zur Sache? Das müsste ich doch vorher alles meiner lieben Frau, Judith, erklären, sagte ich laut, ich liebe sie ja, mit ihr habe ich meine Kinder, wir haben es gut, es würde keinen Sinn machen; es macht keinen Sinn.

Auf dem Nachhauseweg, in der Straßenbahn, auf der Ringstraße, in der Tram Nummer 1, wurde ich aber auf meinen Lippen ihre Lippen nicht los. Die mich gegessen hatten. Die an mir geknabbert hatten. Den Abdruck von ihren Lippen. Als ob sie mir ein Stück weggebissen hätte. Ich muss es Judith erklären, dachte ich wieder: Ich werde es ihr erklären müssen, das wird schwer, aber es muss sein. Ich war beinahe allein in der Bahn. Die späte Stunde, die überraschende Wärme draußen, die plötzlich wieder laue Luft. Die meisten Schlafwandler waren zu Fuß unterwegs. Nur ganz hinten im Wagen ließen ein paar halb betrunkene junge Männer die leeren Bierdosen über den Boden rollen. Das rostige Geräusch der Wagenräder auf den Eisenschienen schlug mir hart in die Beine, als ob der Fußboden immer wieder gegen den Asphalt schlüge. Als ich den Blick von den Füßen löste, sah ich aus dem Augenwinkel, dass nur ein paar Sitzreihen vor mir, aber auf der andern, der linken Seite, die Schauspielerin mitfuhr. Meine Schauspielerin. Julia Jentsch. Ich hatte nicht bemerkt, dass sie zugestiegen war.

Ich war allein aus dem Theatergebäude getreten und zur Haltestelle gegenüber gegangen. Ich hatte sie in der Kantine stehen gelassen.

Nun war sie also wieder da. Nun saß sie da vor mir in der Tram und drehte sich zu mir zurück. Ihr langes Haar hatte sie zu einem Knoten zusammengedreht und unter einer Baskenmütze verstaut. Wollte sie mich etwa nach Hause begleiten? Fragend sah sie mich an. Nein, machte ich mit dem Kopf; ein stilles, deutliches Zeichen. Noch einmal: Nein, wirklich, es geht nicht; ein wenig bedauernd. Aber sie blieb beharrlich. Unverwandt schaute sie mich an. Wir kennen uns nicht, sagte ich. Sie lächelte wieder ihr Lächeln, das ich schon kannte. Ein gewinnendes Lächeln, fürwahr. Vielleicht hatte sie recht, wir konnten uns kennenlernen. Sie stand von ihrem Platz auf und kam auf mich zu. An der Haltestange hielt sie sich fest. Ich will doch gar nichts von Ihnen, sagte sie, lächelnd, von Ihnen und Ihrer Frau. Sie stellte sich wieder geradewegs vor mich hin. Nur dass ich diesmal ja saß. Was wollen Sie dann?, fragte ich. Nichts, sagte sie, wirklich, noch einmal, nur dass Sie ein Stück für mich schreiben. Ein Stück?, fragte ich. Ein Stück, wiederholte sie, ja, mit einer Rolle für mich. Ein Stück schreiben? Das hatte ich lange nicht mehr getan. Ich wusste nicht, ob ich das überhaupt noch konnte. Ausgerechnet sie, Julia Jentsch, die wunderbare Schauspielerin, die im Film die Sophie Scholl verkörpert hatte, sie wollte ein Stück von mir. Ich weiß nicht, ob ich das noch kann, wollte ich ihr sagen. Aber da war sie an der nächsten Haltestelle schon ausgestiegen. Und ich war erwacht.

Die Frau am Pier

Spring nicht! Spring bitte nicht, dachte ich, als die Frau auf dem Pier mit festem Schritt an mir vorbei und bis zum äußersten Punkt ging. Bis an die Wasserkante. Ich saß auf meiner Bank, ich meine, auf der Bank, auf die ich mich immer setze, wenn ich aus der Stadtmitte, in der ich wohne, hier hinaus an den See gehe. Mit der Zeitung oder mit einem Buch oder auch nur mit ein paar Brotbrocken in der Manteltasche, wie damals, um die Enten oder die Schwäne damit zu füttern. Und für mich selbst habe ich immer eine Frucht dabei, einen Apfel oder eine Orange oder auch etwas anderes, je nach der Jahreszeit, um meinen manchmal plötzlich aufkommenden Durst damit zu löschen, und gegen die Unterzuckerung. Seit jenem unglücklichen Tag, an dem ich einmal deswegen beinahe nicht mehr nach Hause zurückgekommen wäre. Ich benutze immer dieselbe Bank, es ist mir die liebste. Natürlich nur wenn sie frei ist; ich setze mich nicht gern neben andere Leute. Wenn sie nicht frei ist, drehe ich in der Nähe noch eine Runde, oder ich setze mich auf eine Bank daneben, um dann, wenn meine Bank frei wird, auf sie hinüberzuwechseln. Meist muss ich nicht lange warten, die Leute haben oder lassen sich keine Zeit. Von meiner Bank aus habe ich den ganzen Pier vor mir, zu beiden Seiten die Geländer, vorne den offenen Blick über das Wasser und zum gegenüberliegenden Ufer. An dem bestimmten Tag hatte ich eine kernlose Clementine dabei, die ich gerade schälte, Stück für Stück steckte ich in den Mund, den Saft saugte ich heraus, die wenigen Kerne, die trotzdem drin waren, spuckte ich in hohem Bogen über eins der Geländer ins Wasser, oder ich versuchte es wenigstens. Es war Winter. Die Sonne stand tief und halb verschleiert über der sich im Dunst beinahe auflösenden Grenze der hintereinandergelagerten Hügelzüge auf der anderen Seite des Sees, aus dessen ruhiger Fläche wie weißer Atem ein dünner Nebel auf- und dann die sanften Hänge hinan bis in den niedrigen Himmel stieg. Davor, im schwindenden Gegenlicht, die dunkle Silhouette der Frau.

Spring nicht. Spring bitte nicht, sonst müsste ich dich doch retten, sagte ich laut vor mich hin, oder wenigstens halblaut, man will ja nicht auffällig werden. Ich müsste doch hinter dir her, ins kalte Wasser; so vor meinen Augen könnte ich dich doch nicht einfach ertrinken lassen. Also bitte, erspar mir das. Ich duzte sie, in Gedanken. Allein diese Vorstellung, sie aus dem eisigen Wasser bergen zu müssen, verband mich mit ihr. Den

Wintermantel ausziehen, die Hose ausziehen, die Schuhe ausziehen, ohne zu zögern, rasch, ans Pierende rennen und springen, hinter ihr her, in den Kranz aus Wellen hinein, der sich um die Stelle ihres Abtauchens herum auf der Wasseroberfläche gebildet hätte; ich kannte sie nicht. Ich hatte sie vorher noch nie gesehen. Ich erinnerte mich an einen Traum, den ich in früheren Jahren einmal gehabt hatte, wann war das gewesen, jedenfalls lange her, darin war eine damalige Freundin von mir, der ich die Stadt zeigen wollte, von einem Augenblick auf den andern vom Randstein herab in den Fluss gesprungen, zu dem die Straße plötzlich geworden war, mitsamt ihrem Koffer, ich war ihr nicht nachgesprungen. Die Schnürsenkel hatte ich aufgemacht, die Schuhe hatte ich ausgezogen, aber ich war nicht gesprungen. Sie wird ja sicher gleich wieder auftauchen, hatte ich damals gedacht, mitsamt ihrem Koffer, aber sie war nicht wieder aufgetaucht, der Koffer hatte sie in die Tiefe gezogen, sie hatte ihn auch in der Tiefe nicht losgelassen. Jetzt würde ich springen müssen, dachte ich, während ich eine Hand über die Augen hielt, um die Frau am Pierende im Gegenlicht vor der sinkenden Sonne besser zu sehen. Jetzt würde ich springen müssen; jetzt war es kein Traum. Und außer mir war heute ja niemand da.

In dem kleinen Pavillon direkt neben dem Pier hatte ich im Sommer zuvor meinen runden Geburtstag gefeiert. Mit ein paar Freunden. Für jedes Jahrzehnt einen. Als Begleitschutz, als Vorhut und Rückendeckung sozusagen, als Mutmacher beim Übertritt in die nächste Dekade. Solche, die mir vorangegangen waren, solche, die es noch vor sich hatten. Es hatte gestürmt und geregnet. Ausgerechnet an jenem Abend, nachdem es den ganzen Tag schön und warm gewesen war. Ein heftiges Sommergewitter war niedergegangen und hatte in einem Dauerregen geendet, sodass wir die Fenster hatten geschlossen halten müssen. Und draußen, seitlich, vor diesen Fenstern, während die Dämmerung einbrach, schneller als erwartet, offenbar unbeeindruckt von allem, mitten im Wolkenbruch, auf dem Pier, wie aus den Wolken gefallen, da, wo jetzt die Frau stand, war dann dieser Fischer gestanden, in grauem Ölzeug und Schaller, der mich an Joyce erinnert hatte, James Joyce, diesen Dubliner Dichter, ich weiß nicht, warum, der dann in unserer Stadt gestorben war, weit weg von zu Hause; jedenfalls irische Szenerie. Er hatte uns drinnen im Licht keines Blickes gewürdigt. Er hatte die Angelleine ausgeworfen, er hatte die Angelrute gehalten, neben sich, neben seinen in überkniehohen Gummistiefeln steckenden Füßen auf dem Pier ein paar Plastikkübel, er hatte da draußen im Trüben

46

gefischt, als ob es die selbstverständlichste Sache der Welt wäre. Während mir drinnen einer der Freunde, einer, der es schon hinter sich hatte, zur Gitarre die alten Bob-Dylan-Songs sang. The moonshiner, zum Beispiel, The Times, they are changing. Und wir uns langsam, aber sicher, nicht nur am Whisky, betranken.

Jetzt war ich vollkommen nüchtern. Mir zuliebe, bitte, spring nicht, dachte ich. Springen Sie nicht, korrigierte ich mich; ich versuchte, ein wenig auf Distanz zu ihr zu kommen, die Schicksalsgemeinschaft wieder aufzulösen, die ich mit ihr eingegangen war, seit sie entschlossenen Schrittes an mir vorbeigegangen war, ans Ende des Piers, um erst kurz vor der Wasserlinie zum Stillstand zu kommen. Oder sie mit mir. In die sie mich hineingezwungen hatte, rücksichtslos, auf Gedeih und Verderb. Es gelang mir nicht wirklich. Schon mit dem nächsten Satz fiel ich ins Du zurück. Etwas Besseres als den Tod findest du überall, dachte ich, sagte ich, ihr in den Rücken hinein, leise, eindringlich, von Weitem, sie konnte mich natürlich nicht hören. Die Bremer Stadtmusikanten; sie fielen mir immer ein, wenn ich in so eine Situation kam, auch wenn es mich selbst betraf, was schon einmal vorkam, von Kind an waren sie immer mein liebstes Märchen gewesen, sie hatten mir bis dahin immer geholfen. Das war ja auch wahr. Den Tod musste man doch nicht suchen, der fand einen zum Schluss ganz von selbst. Und bis dahin konnte man sich die Zeit ja auch anders vertreiben. Das hätte ich ihr vielleicht gesagt, wenn sie sich zu mir auf die Bank gesetzt hätte. Aber sie setzte sich nicht zu mir auf die Bank.

Einmal, vor Jahren, da hatte sich eine andere zu mir auf die Bank gesetzt und mich gebeten, die Nacht mit ihr zu verbringen, ihr Freund habe sie gerade verlassen, sie habe Angst davor, sich etwas anzutun. Und ich war mit ihr gegangen, hatte mir nur schnell noch zu Hause meine Zahnbürste geholt, und hatte mich in ihrem Zimmer neben sie auf die Matratze gelegt, um ihren Schlaf zu bewachen, bis in die frühen Morgenstunden, ich hatte ihren Auftrag so verstanden, dann war ich selber eingeschlafen. Das war in einer anderen Stadt gewesen. Da war ich noch sehr jung gewesen. Den ganzen Abend und den ganzen Morgen, spät noch und früh wieder, waren über unsere Köpfe hinweg Flugzeuge gelandet und gestartet, die Fensterscheiben hatten geklirrt, das Haus, der Boden hatten gezittert. Erst viel später hatte sie mir einmal gesagt, dass sie in jener Nacht gerne mit mir geschlafen hätte.

Auch einem Freund, der sich von mir telefonisch hatte verabschieden wollen, auf immer, wie er gesagt hatte, ich hatte ihn zuerst gar nicht verstanden, war ich, als ich ihn dann verstanden hatte, mit Grimms Märchen gekommen. Und ich hatte ihn dazu überredet, wenn es denn schon sein musste, wie er beteuert hatte, mit mir am kommenden Tag zum Abschied noch einen letzten Kaffee zu trinken, an dem Ort, an dem wir immer zusammen Kaffee tranken; wir trinken dort heute noch manchmal zusammen einen Kaffee und reden von Gott und der Welt und von den Bremer Stadtmusikanten. Nur einmal hatte ich einem, der sich in mich verliebt hatte, oder der sich das zumindest eingebildet hatte, und der damit drohte, sich umzubringen, wenn ich ihn nicht erhörte, nicht davon abgeraten, sondern gesagt, wenn es so sei, dann müsse er das eben tun. Ihm hatte ich keine Märchen erzählt. Aber auch er war daran nicht gestorben.

Wie alt war die Frau eigentlich? War sie jünger, war sie älter als ich? War das wichtig für die Beantwortung der Frage, ob ich ihr nachspringen würde, ob nicht? Ich hatte ihr Gesicht nicht gesehen. Ihr Körper war dick in warme Winterkleidung gehüllt. Wo kam sie her? War sie aus der Stadt? War sie fremd hier? Ich hatte sie nur von hinten gesehen. Nur ihr fester Schritt über den Pier war mir aufgefallen. Ihre Entschlossenheit, die mich erschreckt hatte. Noch immer beschäftigte ich mich mit ihr. Es gelang mir nicht, mich aus der Verantwortung, die sie mir aufgeladen hatte, als sie vor meinen Augen ans Wasser gegangen war, wieder zu befreien. Für die ganze Welt fühlte ich mich wieder einmal verantwortlich. Wieder einmal trug ich das Gewicht der Welt. Ich allein. Noch immer. Es war meine Stärke und meine Schwäche. Immer gewesen. Von Kindesbeinen an. Sie verfolgte mich durch mein ganzes Leben. Immer wieder war es allen gelungen, oder doch fast allen, mich für ihr Glück und für ihr Weiterleben verantwortlich zu machen. Weil es sie ohne mich sonst bald nicht mehr gäbe. Mit dieser Drohung. Die Mutter, die Welt, jetzt diese Frau, die noch immer dort vorn an der Kante zum Wasser stand. Was ging sie mich an?

Du bist doch noch jung, hätte ich ihr vielleicht gesagt, versuchsweise, wenn sie sich neben mich auf die Bank gesetzt hätte. Und wenn sie tatsächlich noch jung gewesen wäre. Du hast doch alles noch vor dir. Die üblichen Sätze. Oder: Dafür bist du doch viel zu alt. Wenn sie schon älter gewesen wäre. So alt wie ich. Jetzt lohnt es sich nicht mehr zu springen. Abzuspringen. Im letzten Moment. Wenn wir schon springen wollten, dann hätten wir früher springen müssen. Gar nicht zu reden davon, redete es in mir weiter, dass ich doch jetzt das Versprechen, das ich dir durch die Errettung gäbe, gar nicht mehr einlösen könnte. Vorausgesetzt überhaupt, dass ich nicht für mich selber spränge. Nicht dir nach, neben dir her, deinem Beispiel folgend. Das Versprechen fürs Leben. Das ich der Mutter einmal gegeben hatte, als junger Mann, im Spital, als sie frühzeitig sterben wollte. Als ich an ihrem Bett gesessen und ihre Hand einfach nicht losgelassen hatte. Als ich gesagt hatte, ich brauche dich noch. Als ich sie damit gerettet hatte, wie mir die Ärzte gesagt hatten. Und als ich sie dann doch nicht mehr so recht hatte brauchen können, als sie für mich am Leben geblieben war. Gar nicht zu reden davon, dass mir dabei die Lust, Held zu sein, gründlich vergangen war. Mein Leben für einen andern zu geben, wie in der Jugend. Da hatte ich manchmal davon geträumt, für jemand anderen in die Bresche zu springen. Für meine kleine Cousine zum Beispiel, die man mir anvertraut hatte. Für meinen kleinen Bruder. Im Straßenverkehr. Mich vor sie zu stellen. Mich über sie zu werfen. Mich gegen das Auto zu werfen, vor das sie gelaufen waren. Da war ich noch der Hüter nicht nur des Bruders, sondern der Welt gewesen.

Natürlich hatte sie ja das Recht zu springen. Wie meine Mutter das Recht zu springen gehabt hatte. Wie meine kleine Cousine, wie mein kleiner Bruder das Recht gehabt hätten, vor das Auto zu laufen.

Aber sie war nicht gesprungen. Mir zuliebe waren sie nicht gesprungen. Die Mutter, die Frau. Noch immer stand sie dort vorne am äußersten Rand des Piers, wo im Sommer die Boote anlegten, aber im Winter fuhren ja keine Boote, wo auch der Fischer gestanden hatte, an meinem Geburtstag, in der Dämmerung, mitten im Regen, aber jetzt regnete es nicht, direkt unter der im Dunst flach auf dem Hügelzug aufliegenden Sonne, am äußersten Rand des Wassers, unbewegt; und ich brauchte mich also nicht nass zu machen.

Ich schloss die Augen. Ich war müde. Ich war geblendet. Mit geschlossenen Augen horchte ich der eigenen Stimme und den Geräuschen der Welt nach. Den Schreien der Vögel, dem Anmurmeln des Wassers, dem An- und Zurücklaufen des Sees. Aber als ich die Augen wieder öffnete, da war die Frau tatsächlich gesprungen, jedenfalls stand sie nicht mehr da, wo sie gestanden hatte, und ich sah ihr nach. Besser, meiner Erinnerung an sie, die ich noch eine Weile auf der Netzhaut hatte. Bevor sie dort langsam erlosch.

Liz Enderlin

In letzter Zeit häufte es sich. Menschen grüßten ihn, die er nicht kannte. Oder nicht zu kennen glaubte. Vor allem Frauen. Das stürzte ihn zuweilen in eine nicht geringe Verlegenheit. Mit seiner Bekanntheit konnte es nichts zu tun haben. Die nahm eher ab als zu. Damit hatte er sich abgefunden, das lag in der Natur der Sache, er hatte seinen Zenit überschritten, er hatte seine Zeit gehabt, jetzt war eine andere Generation am Zug, damit war er im Grunde sogar einverstanden. Trotzdem grüßten ihn manchmal wildfremde Leute. Das war unerhört.

Ob er wisse, was der Unterschied zwischen einem Schriftsteller und einem Dichter sei, hatte ihn schon vor etlichen Jahren einmal ein Kollege gefragt, den er von früher kannte und dem er zufällig auf einem Kongress wiederbegegnet war. Er sah ihn noch vor sich, aber sein Name fiel ihm nun nicht mehr ein. Er hätte natürlich bei ein paar gängigen Definitionen Zuflucht suchen können, bei gehörigem Nachdenken wäre ihm sicher etwas Brauchbares eingefallen; aber so war die Frage gewiss nicht gemeint, das hatte er schon dem Tonfall entnommen. Also sagte er: Nein. Und er versah sein Nein mit einem akustischen Fragezeichen, wie es der Kollege von ihm erwartet hatte. Schriftsteller grüßen einen auf der Straße, sagte dieser, Dichter nicht, die haben den Kopf in den Wolken. Und er erzählte aus der Erinnerung, wie sie sich einmal in der Stadt, in welcher der Angesprochene lebte, begegnet seien, am Fluss, auf dem Kai, wie sie aufeinander zugegangen seien, wie sie sich schließlich gekreuzt hätten, jeder auf seinem Gehsteig, auf seiner Straßenseite, nur die Tramschienen dazwischen und ein paar Radfahrer, und wie er, der Stadtfremde, hinübergegrüßt habe, laut, von der Flussseite zur Häuserzeile, wie er sogar den Hut gezogen habe, um sich bemerkbar zu machen – er aber habe nicht einmal mit der Andeutung eines Kopfnickens auf den Gruß reagiert. Nur Löcher habe er in die Luft gestarrt, als die er sich damals gefühlt habe. Sie hatten sich nicht darauf verständigen können, dass das womöglich nur mit seiner Kurzsichtigkeit zu tun gehabt hatte, dass er den Kollegen ganz einfach auf Distanz nicht erkannt habe, was mehr als ein paar Meter entfernt war, sah er nicht scharf, schon gar nicht bei Dämmerung, das hatte bei ihm leider schon früh begonnen. Der Beleidigte ließ es nicht gelten, er war es noch immer, beleidigt; und er war also als Dichter abqualifiziert.

Dann, Jahre später, im Foyer des Konzerthauses der Stadt, diese schockierende Wiederbegegnung mit einem Freund aus der Jugendzeit, aus seinem Herkunftsort, Mauro. Er lebte noch immer dort, inzwischen mit Frau und Kind. Er war nicht im engsten Sinn sein Freund gewesen, aber doch einer von den ihm lieberen. Die Erfahrung der Trichterbrust hatte er mit ihm geteilt; sie beide hatten sie von Geburt an gehabt; der andere hatte sie operieren lassen, er selber nicht; den einen verunstaltete die hässliche Narbe dem Brustbein entlang, den anderen die Vertiefung; beide waren sie in ihrer Kindheit gehemmt, sie hatten sich vor den Mädchen geschämt. Als er dann doch eines gehabt hatte, ein schönes, ein kastanienbraunes – was heißt gehabt: von ferne geliebt –, da hatte es ihm ausgerechnet der ältere Bruder des Freundes, Mario, mit dem sie jetzt immer noch verheiratet war, vor seinen Augen weggeschnappt. Vor seinen Augen, wörtlich, er hatte die beiden bei gemeinsamen Zärtlichkeiten erwischt. Aber dafür konnte Mauro ja nichts. Er hatte als Kind und als junger Mann die wunderbarsten schwarzen Locken gehabt, die man sich wünschen konnte. Die Locken hatte er immer noch, unter ihnen hervor hatte er ihn angelacht, als er sich im Gedränge vor den Garderoben nach ihm umgewandt hatte, aber jetzt waren sie weiß, und er hatte ihn nicht erkannt. Und jetzt war er schon tot,

wie er neulich zufällig der Anzeige in seiner Zeitung
entnommen hatte.

Dasselbe mit Michel Arnet, ein paar Jahre später,
aber am selben Ort, vor der Kasse desselben Konzerthauses, Michi, den sie in der Kindheit den Spänge-
libuben genannt hatten, weil ihm seine Mutter, eine
Welsche, sein gescheiteltes, gerades Haar mithilfe einer Haarspange von der Stirn fernhielt, der war nun
wirklich sein Freund gewesen, mit ihm hatte er fast
die ganze Schulzeit hindurch die gleiche Bank ge-
drückt, inzwischen war er am Universitätsspital der
Stadt in der Krebsforschung weit aufgestiegen, ein
angesehener Onkologe war er geworden, davon hatte er einmal gehört, seine Eltern, die nun auch tot
waren, hatten es ihm einmal erzählt, das war nun
auch schon wieder eine Weile her, die Stirnsträhne
hatte er immer noch, aber die Haarspange trug er
nicht mehr. Er war auf ihn zugekommen, er hatte
ihn angesprochen, korrekt, mit Vor- und mit Nach-
namen – und er hatte ihn nicht wiedererkannt. Ein
von ferne vertrautes Gesicht, ja, auch die Stimme
vertraut; aber mehr nicht. Er hatte nachfragen müssen, und er hatte sich dafür natürlich geschämt. Aber
der lebte noch, wie er selbst, soweit er es wusste. Im
Gegensatz zu ihm selbst, der er mit einem Bruder
aufgewachsen war, hatte er eine Schwester gehabt,
die später nach Amerika auswanderte, mit ihrer

Familie, und trotz dieser Schwester hatte er auch noch als Jüngling immer darauf bestanden, dass es, unten herum, zwischen Jungen und Mädchen keinen Unterschied gäbe. Seltsam, wie das Gedächtnis arbeitete, daran erinnerte er sich nun wieder.

Zuletzt diese jüngere Frau, neulich, vor noch nicht allzu vielen Tagen, oder Wochen, höchstens ein paar Monaten, direkt vor dem Haus, auf der Straße, als er mit seiner Frau die Marktgasse hinabging, Hand in Hand, zum Fluss, wie jeden Samstag, zum Wochenmarkt, auf der Brücke. Sie war ihnen von unten entgegengekommen, sie hatte sich beim Vorbeigehen nach ihnen umgedreht, sie hatte ihn herzhaft angelacht. Wo hatte er die schon gesehen? Wann hatte er sie so gekannt, wie sie ihn offenbar jetzt noch kannte? Wer war das?, hatte ihn seine Frau gefragt. Ich weiß es nicht, hatte er ihr geantwortet, ein wenig verlegen, wahrheitsgemäß. Damit musste sie sich zufriedengeben. Erst viel später, Stunden, Tage, war es ihm wieder eingefallen: Es war eine Kneipenbekanntschaft gewesen, vor ewigen Jahren, in einem anderen Leben, als er noch allein gelebt hatte. Eine angehende Lehrerin damals, wenn er sich recht erinnerte, sie hatte gerade das Seminar abgeschlossen. Rein theoretisch hätte sie auch seine Frau werden können, das war ihm damals aber nicht eingefallen.

Und nun also diese Liz Enderlin. Zielstrebig war sie auf ihn zugekommen, aus dem Gewühl heraus, auf diesem Gartenfest des Verlegers, zum Ende des Sommers, hinter dem Verlagsgebäude, in dem dessen Räume untergebracht waren, im Innenhof, weiß der Himmel, was sie hier verloren hatte, er hatte sie noch nie hier gesehen, all die Jahre nicht, die er zum Verlag schon gehörte, aus dem Augenwinkel nahm er zuerst nur ihre hellen Haare wahr; schön, dich wieder einmal zu sehen, sagte sie. Sie nannte ihn beim Vornamen. Er wusste nicht, wer sie war. Beim besten Willen nicht. Sie müssen mir helfen; du musst mir helfen, sagte er, unbeholfen. Er war ins Gespräch mit einem Archivar aus der Hauptstadt vertieft gewesen, sein Nachlass als Vorlass war dort in Sicherheit, wasser- und feuerfest, zehn Meter unter dem Boden, zu einem guten Preis hatte er ihn dorthin verkaufen können, vor etlichen Jahren, darüber hatte er sich mit ihm unterhalten, ein Bier in der linken Hand, eine Bratwurst in der rechten, nun entschuldigte er sich bei ihm, er wandte sich von ihm ab und ihr zu. Liz, sagte sie, Liz Enderlin, Liz mit z wie Zunge; wir waren uns einmal sehr nahe. Wo, wann?, fragte er. Vor dreißig, vierzig Jahren, sagte sie, hier ganz in der Nähe, über die Straße, drüben am Theater. Tatsächlich hatte er dort einmal gearbeitet, in seinen jungen Jahren, gleich nach dem Studium, noch bevor er zu schreiben begonnen hatte, vielleicht auch schon parallel dazu, so genau war das wohl nicht zu trennen gewesen, und tatsächlich waren da Premierenfeiern, nach zwei, drei Glas zu viel, auch mal in eine lange Nacht oder in eine kurze Affäre ausgeufert. Wie nahe?, fragte er, vorsichtig. So nahe!, sagte sie. Sie küsste ihn, auf die Lippen, und ließ ihn mit seiner Wurst allein.

Er war ein wenig erschrocken. Es erinnerte ihn an eine Geschichte, die ihm eine befreundete Schauspielerin einmal erzählt hatte, Eva Glück, Schwimmmeisterin in Tirol war sie gewesen, bevor sie mit der Schauspielerei begonnen hatte, nun hatte sie den Beruf schon längst an den Nagel gehängt und hielt ihre Füße zusammen mit ihrem Freund an der Küste von Costa Rica ins Meer. Der alternde Maximilian Schell hatte sie auf einem Theaterball angemacht. Wie wär's mit uns?, hatte er sie gefragt. Wir hatten schon die Ehre!, hatte sie nur geantwortet und hatte ihn stehen lassen.

Er hatte die Geschichte nicht wirklich geglaubt; wenn sie nicht wahr war, war sie ja gut erfunden, hatte er damals gedacht. Nun war er auch schon an diesem Punkt. Er hatte sein Leben zu vergessen begonnen. Waren das noch Zeiten gewesen, sagte er sich, in einem Anflug von Altersmilde, als man all diesen Blödsinn und Leichtsinn noch hatte verdrängen müssen, jetzt nahm einem das wenigstens die Vergesslichkeit ab, das war auch eine Form von Trost.

Selbstmord eines Schülers

Ein zwölfjähriger Knabe aus B. im Kanton Zürich hat sich am vergangenen Donnerstagnachmittag in der Nähe seines Wohnorts vor den Zug geworfen. So stand es am Montag, den 22. Dezember, im Lokalteil der Zeitung zu lesen. Der Lokführer, über dessen Zustand im Übrigen nichts zu erfahren war, habe nach dem Überfahren des Körpers, das er nicht habe vermeiden können, entsprechend die Kantonspolizei informiert, wie deren Sprecher bestätigte, der sich gegenüber der Zeitung zum Vorfall aber nicht weiter äußern wollte.

Am Donnerstagabend, während im Singsaal des Sekundarschulhauses von B. die alljährlich von der Lehrerschaft und der Schülerschaft aus Anlass von Schulsilvester, des letzten Schultags vor den Weihnachtsferien, gemeinsam vorbereitete Silvesterfeier, diesmal unter dem Motto »Hollywood«, im Gang war, wunderte sich niemand von den sonst vollzählig dort Erschienenen über das Fehlen des Mitschülers, obwohl natürlich darüber gesprochen wurde, sowohl unter den Schülern als auch unter den Lehrern. Zur persönlichen Bestrafung war ihm die Teilnahme untersagt worden. War das richtig gewesen, war es übertriebene Härte? Unter den Schülern gab es darüber keine Einigkeit. Der Klassenlehrer, der die Strafe ausgesprochen hatte, war der Meinung, sie sei nicht nur gerechtfertigt, sondern notwendig gewesen, obwohl sie einen bis dahin vollkommen unauffällig gebliebenen, ja vielleicht sogar besonders liebenswürdigen Schüler getroffen habe, darum nur umso mehr, damit er das in Zukunft auch bleibe. Auch seine Lieblingslehrerin, der zuliebe er dieser besonders pflichtbewusste und liebenswürdige Schüler geworden war, weil er sich in sie verliebt hatte, was nicht zu übersehen war, hatte sich nicht dagegengestemmt. Eine Klassenkameradin, die sich von dem gemeinsamen Abend im Stillen erhofft hatte, dass der sonst eher Schüchterne vielleicht mit ihr tanze, war wütend und verweigerte nun erst recht auch allen andern den Tanz, den Lehrern ohnehin. Das stand so nicht in der Zeitung, aber ich dachte es mir dazu. Wenn jemand fehlt, leidet immer ein anderer oder eine andere. Gegen Mitternacht war die Schulleitung durch die Polizei über den Tod des Schülers informiert worden; diese hatte die Information an die Anwesenden weitergegeben und die Party abgebrochen.

Am Morgen des fraglichen Tages hatten in dem Umschlag, in den das für die Ausrichtung des Abends bei den Schülern der verschiedenen Klassen gesammelte Geld eingelegt und der im Lehrerzimmer deponiert war, dreißig Franken gefehlt, und der Verdacht war sogleich auf zwei bestimmte Schüler gefallen, die dort von verschiedenen Personen gesehen worden waren, unter anderem auch vom Schulabwart und von der erwähnten Lehrerin. Die Indizien schienen eine eindeutige Sprache zu sprechen, und die Befragung der Angeschuldigten durch den Klassenlehrer hatte ohne Umwege auch zum Geständnis des einen der beiden geführt. Und damit zu dessen Begnadigung. Allerdings hatte der die Schuld nur für die Hälfte des Betrags übernommen, die er auch anstandslos zurückzahlte, während er das Fehlen der zweiten fünfzehn Franken dem Mitbeschuldigten in die Schuhe schob. Dieser aber hatte jede Beteiligung am Diebstahl hartnäckig abgestritten, obwohl die Faktenlage klar war, die entsprechende Summe auch bei ihm gefunden worden war, er hatte bis zuletzt geleugnet, und dafür war er bestraft worden. Er durfte an der abendlichen Party, für die das Geld bestimmt gewesen war, nicht teilnehmen, die Strafe war logisch.

Gemäß B. S., dem Präsidenten der Sekundarschulpflege von B., hatte der Bestrafte seine Strafe denn auch widerspruchslos hingenommen. Zumindest nach außen habe er auf das Verbot hin keinerlei Reaktion gezeigt. »Er war weder aufmüpfig noch betrübt«, wurde der Schulpflegepräsident in der Zeitung zitiert, »aber anscheinend ging er daraufhin schnurstracks zum Bahngeleise.« Da der Knabe nach der Schule nicht nach Hause kam, waren seine Eltern bei der Polizei vorstellig geworden; das hatte die Identifizierung seiner inzwischen sichergestellten, einigermaßen verstümmelten Leiche erleichtert. An der Strecke zwischen W. und L. hatte er sich vom Tunnelportal herunter vor die aus der Tunnelröhre ausfahrende S-Bahn gestürzt.

Nach der Verbreitung der Todesnachricht kurz vor Mitternacht habe sich unter den Klassenkameraden und Klassenkameradinnen große Trauer ausgebreitet. Und ganz besonders bei der einen, dachte ich, als ich es las. Am folgenden Morgen, dem Freitag, dem ersten Tag ihrer Weihnachtsferien, hätten sie sich alle nochmals im Schulhaus getroffen, um über den tragischen Vorfall zu sprechen. Zusammen mit ihren Lehrern; auch mit dem Klassenlehrer, der sich natürlich Vorwürfe gemacht habe. Mit der gesamten Schulleitung. Gegen Abend hätten sie ihrem toten Kameraden mit einem Trauermarsch zum Unglücksort die Ehre erwiesen, wo sie im Schnee ein Kreuz aus Holzscheiten und brennende Kerzen hinterließen. Auch für die Eltern sei der Tod ihres einzigen Kindes absolut unverständlich gewesen. Es habe keinerlei Hinweise auf eine Selbstmordabsicht gegeben. Ihr Sohn habe an Gott geglaubt. H. sei ein hochmoralischer Junge gewesen. Er werde am 29. Dezember beerdigt, schloss der Bericht in der Zeitung.

Blindensturz

Schon als es sich noch dehnte, hatte ich das sichere Gefühl, dass das Seil diesmal reißen würde. Etwas war anders als sonst. Etwas war zu Hause schon gerissen. Der Bremskoeffizient war ein anderer. Das klingt technisch, aber das hatte ich im Blut, auch wenn ich nicht mit Gewissheit hätte sagen können, ob er mir größer oder kleiner erschienen war als normal. Zu sagen gab es da ohnehin nichts mehr. Gesagt war längst alles. Nicht einmal zu denken. Das alles spielte sich ja in Sekunden ab. Und was war dabei schon normal. Die Kurve der Verlangsamung nach der langen Geraden des freien Falls verlief nicht wie gewohnt. Der Bauch sagte es mir. Ich hatte es im Gefühl. Das Sonnengeflecht war anders gespannt als gewöhnlich. Der Schwindel, der sich sonst nur um den Ich-Punkt im Hirn drehte, breitete sich bis unter den Nabel aus. Ein feiner Stich ging durchs Herz. Durch den Du-Punkt im Herzen. Der Magen, der gerade noch mit einem Vielfachen seines Gewichts dagegengedrückt hatte, gab nach und wurde zurück auf die Gedärme gepresst. An den Füßen gebunden, wurde ich nach einem kurzen Rückstau mit nur umso größerer Geschwindigkeit kopfvoran weiter in den Abgrund geschleudert. Ich hatte das Seil überspannt. Den Bogen auch.

Auch das Ohr sagte es mir. Etwas hörte sich anders an als üblich. Etwas hatte sich anders angehört schon am Morgen beim Abschied. Der Gesang des Materials folgte einer anderen Melodie. Nicht wirklich benennbar. Irgendwo in den Ober- und Untertönen. Die Stimmung war eine andere. Das Summen des Kautschuks in den verschiedenen Spannungszuständen. Dunkel, dann immer heller, bis über die Hörbarkeitsgrenze hinaus. Das Sirren der Glasfasern am äußersten Punkt, vor ihrer äußersten Dehnung. Die Fermate, das kurze Verstummen am Wendepunkt, das Zögern, das Atemanhalten einen Sekundenbruchteil, einen Nanometer, ein halbes Kilopond vor dem Zerreißmoment, zum Zerreißen gespannt, bevor sich das Material wieder zusammenzog. Und dann war da plötzlich ein Knall. Ein Zischen, ein Klirren; die gesprungene Saite. Etwas war zersprungen. Der akustische Riss in der Stille der Luft. Der Peitschenhieb, mit einem einzigen Knoten, in den verzögerten Flug. Das Pfeilgeräusch von der Sehne des zersplitternden Bogens. Der Windstrom des zweiten Falls.

Gerade noch war ich da oben gestanden, auf dem Geländer der Landwasserbrücke, und hatte zum

Talboden hinuntergeschaut. Da, in der Tiefe. Das war die Richtung gewesen, hinunter, hinab. Immer wieder; es war nicht mein erster Sprung. Es war nicht zum ersten Mal gewesen. Hinauf, hinunter, hinab. Über die Brückenbegrenzung hinaus, den Brückenpfeilern entlang, *zwischen* zwei Brückenpfeilern, ins Leere, ins Nichts, dem Boden entgegen, den Bäumen, der Grasnarbe, dem Kiesbett des Bachs oder Flusses. Immer wieder. Immer zwischen zwei Zügen, einer von hier, einer von dort, auf der einspurigen Strecke; es herrschte normaler Werktagsverkehr. Bis knapp über den Grund. Und dann auf der Werksleiter wieder hinauf und wieder hinaus, auf das Brückengeländer, und wieder hinab. Im freien Fall: Wie Blätter fallen. Wie die Erde fällt. *Und sieh dir andre an; es ist in allen. Und doch ist einer, welcher dieses Fallen unendlich sanft in seinen Händen hält.* Jetzt nicht mehr. Ich hatte mir die Fußfesseln angelegt; ich hatte die Arme ausgebreitet; ich hatte mich vornüberkippen lassen, ich hatte mich über den Kipppunkt fallen lassen.

Nun schoss ich hinab. Das Seil war gerissen. Mein Sprung war in meinen Sturz übergegangen. Niemand hielt mich mehr. Die Welt raste auf mich zu. Ich raste auf die Welt zu. Der Aufprall war nah; der Aufschlag war da. Zuerst ins Geäst eines Baums, der mich abbremste. Dann durch das Dach einer

Scheune, das mich ein wenig aufhielt. Zuletzt auf den Fels. Ich hatte die Augen geschlossen. Ich wollte den Tod, dem ich in die Arme stürzte und der wie meine Frau aussah, nicht sehen. Ich öffnete die Augen erst wieder, als ich nicht tot war. Aber auch mit geöffneten Augen sah ich nichts mehr, nicht einmal den Tod, nicht einmal meine Frau, die sich über mich beugte; ich war blind.

Eskalation einer Zärtlichkeit

»So weit das Herz reicht
geht es.« *Friedrich Hölderlin*

I

Einmal diese Vorstellung gehabt, gab er zu Protokoll, mit dem Nachtzug von Paris wegfahrend, einer mir unbekannten Mitreisenden gegenüber, mit
der ich zufällig das Abteil teilte: mein Gesicht so
über ihr schlafendes Gesicht zu legen, dass meine
Züge ihre Züge nachbildeten, von außen, und meine Haut dabei ihre Haut würde, nur von der anderen Seite, und dass das die größtmögliche Zärtlich-
keit wäre. Diese Vorstellung gehabt und nicht mehr
losgeworden. Bis auf den heutigen Tag, oder doch
beinahe.

II

Umgeben, hatte ich im Tagebuch einer mir bis
dahin unbekannten Autorin gelesen, habe ihr Ge-

liebter das Spiel genannt, das er im Bett für sie erfunden hatte. Und tatsächlich sei es manchmal so gewesen, als hätte seine Haut sich auf dem Rücken geöffnet und über die Flanken nach vorne gelegt und sie umschlossen wie ein eng anliegendes Kleid. Und wenn er dabei ganz von Sinnen gekommen sei, habe er *ihre* Haut auftun wollen und sich an ihre Adern legen. Auch hätte er gern ihr Hirn gesehen, schrieb sie. Sie wünschte sich, dass er sie austrinke, bevor er ginge. Sie selbst wollte von Stund an nur noch aus seinem Mund trinken. Als er gegangen war, verwünschte sie sich, dass sie sich nicht in ihn gestürzt hatte wie ein rasendes kleines Tier. Als Abschiedsgeschenk hätte sie gerne Haare von ihm behalten, um sie sich an die Wange zu legen, und einen spitzen weißen Zahn für ihren Hals. Sie beklagte sich darüber, dass sie jetzt von Bierflaschen träumen musste, weil sich nicht so leicht wieder eines jener schlanken Dinge fand, die so geeignete Mittelpunkte ihrer kreisenden Träume waren. Von Gurken, Bananen, Brunnenschwengeln, eisernen Laternenpfählen. Wenn sie allein auf dem Montmartre saß und der Mond sie an eine grüne oder gelbe Melone erinnerte. Sie bedauerte es, sagte er aus, hatte er bei ihr gelesen, dass nach diesem keiner mehr kam, der ihr Blut in alten Büchern pressen wollte. Und dass er sie *nicht* ausgetrunken hatte.

III

Einmal hatte ich einen Traum gehabt, sagte er, in dem ich in einen offenen Schoß hineingezogen worden war. Hineingesaugt, mit den Füßen voran. Mit Haut und Haar, wie man sagt. Nur der Kopf war noch draußen.

IV

Und plötzlich hatte er an nichts anderes mehr denken können als an alle diese von ihren Besitzerinnen vor sich her getragenen Spalten, von denen aus man sie also *auftun* konnte, mit deren Wandungen sie einen umschließen konnten, mit denen sie einen einsaugen konnten. Die natürlich alle nicht für ihn da waren, nicht gerade auf ihn gewartet hatten, das wusste er, das war ihm klar, die aber alle, samt und sonders, auch von ihm, zu öffnen gewesen wären, auch das wusste er, so gut kannte er die Frauen inzwischen, auch wenn das alles bei ihm vielleicht ein wenig länger gedauert hatte als bei den andern. Auch die kälteste unter ihnen war heiß zu machen, man musste nur auf den richtigen Knopf drücken, sozusagen, so drückte er sich aus, so trivial war das, und wo dieser Knopf saß, konnte man lernen, das hatte er

in der Zwischenzeit an einigen Übungsstücken gelernt.

V

Als ich sie sah, wusste ich natürlich nicht, dass sie
es war oder sein würde. Wer oder was hätte sie sein
oder werden sollen? Da wusste ich überhaupt noch
nichts über sie und mich. Und doch hatte ich sie
sofort erkannt, nicht gerade im alten, im biblischen
Sinn, aber doch auf dem Weg dahin. Sie hatte mir in
die Augen geschaut, ich hatte zurückgeschaut, alles
andere hatte sich daraus ergeben. »Warum gabst du
uns die tiefen Blicke ...?« Wir konnten nichts dafür,
wir konnten nichts dagegen. Der ganze Abgrund
hatte sich wieder einmal aufgetan.

VI

Wir waren, schrieb er, nach dem ersten Zusammen-
prall, kaum dass wir die Tür hinter uns geschlossen
hatten, zu Boden geglitten und wühlten dort ineinander, als hätten wir etwas beieinander verloren und
könnten es nun nicht mehr finden, wüssten auch
gar nicht genau, was wer bei wem verloren hatte.
War es hier oder dort oder da? In einer Rockfalte,

in einer Armbeuge, in einem Büschel Haar? Oder doch nicht? Eine Perle, eine Träne, ein Schweißtropfen, ein Tropfen Blut? Oder gar nichts? Und wir hatten uns also getäuscht? Allmählich ließen wir in unseren Bemühungen nach. Wir wurden ruhig. Wir gaben die Suche auf.

VII

Im Gegensatz zu allen Früheren war auch an ihr wieder alles dran gewesen. Kopf, Hals, Rumpf, Po, Arme, Beine, alles dazwischen natürlich. *Im Gegensatz,* sagte er, und: *wieder,* sagte er, ich will mit diesem Widerspruch ausdrücken, dass alles zwischen Mann und Frau immer wieder ganz neu ist und immer wieder das Alte. Immer wieder wie zum ersten und immer wieder wie zum letzten Mal. Voll Anfang und voll Ende. Weltstürzend und doch nichts als Wiederholung. Einmalig und doch nur Gemeinplatz, auf dem sich alle tummeln und getummelt haben und tummeln werden. Utopisch, aber immer noch voll vom Schleim der Urgeschichte. *So* war an ihr wieder alles dran. Alles oder fast alles.

VIII

Ich hatte natürlich damit gerechnet, sagte er, als ich
sie auszog, auf so etwas wie eine Brust zu stoßen.
Aber da war nichts, das sich hätte liebkosen lassen,
links wie rechts, außer einer Warze und einer Narbe.
Aus ihren Achselhöhlen, die ich sah, als ich ihr das
Hemd über den Kopf zog, wuchsen Büschel von
schwarzem Haar.

IX

Sie lag auf dem Bett, sagte er, auf dem Rücken; ich
saß auf der Bettkante und fuhr mit dem Finger ihren Konturen entlang. Über die Stirn, über die Nase,
über das Kinn. Den Hals hinab über die Schultern
bis zu den Armbeugen, bis zu den Handgelenken,
bis zu den Händen, bis in die Sackgassen zwischen
den Fingern hinein. Und wieder hinauf unter die
Achseln. Auf beiden Seiten, eine Seite nach der
andern. Über das Schlüsselbein, durch die Kuhle
unter dem Schlüsselbein, über das Brustbein, über
den Rippenbogen, links und rechts, bis zum Nabel
hinab. Über den Bauch und hinaus zu den Hüft-
knochen, über das Becken, über die Beine, über die
Knie, in die Kniekehlen hinein. Und weiter hinab
bis zu den Fesseln, bis zu den Knöcheln. Um die

Fersen herum, den Fußsohlen entlang, über die Fußballen. Und um die Zehen herum und zwischen die Zehen hinein. Und dann auf der Innenseite der Unterschenkel und der Oberschenkel, die ein wenig behaart waren, wieder hinauf, bis in den Winkel zwischen den Schenkeln und dort, da wo sich die Schenkel im Winkel berührten, ein wenig in sie hinein. Um dann die ganze Hand in ihrem Dornbusch eine Weile ruhen zu lassen. Bevor ich sie ihr in die Seite legte. In die Seiten, abwechslungsweise, in die Wunden an ihren Seit*en*, an die Naht ihrer Narben. Dahin, wo die Lanze des Soldaten, wo die Lanzette des Chirurgen sie getroffen hatte. Bevor ihr Leib wieder vom Kreuz abgenommen worden war.

X

Und da lag dieser Leib nun, hingestreckt, und er betrachtete ihn. Seine Versehrtheit. Die Brustwarzen schielten ein wenig. Von ihnen aus liefen die Narben schräg aufwärts zur Seite, nach außen, um irgendwo im Versteck der Achselhöhlen zu enden. Kreuzstiche, noch frisch, kaum verheilt, die Einstiche einzeln zu sehen, dazwischen dunkle Ein*schnitte* in die Haut, als ob die Fäden noch nicht herausgenommen worden wären. Ich stellte mir den vor, schrieb er, der diese Frau aufgetan und seine Hände an ihre Adern gelegt und der sie dann wieder zugemacht hatte. Sie hob ihre Arme über den Kopf, wie um mir besseren Einblick zu gewähren, und schloss die Augen. Während sie gleichzeitig die Beine öffnete.

XI

Ich legte meine Finger auf ihre Spalte. Ich drückte die Finger *in* die Spalte. Ich drückte mit den Fingern die Spalte auf. Mit den Fingerkuppen legte ich die Schamlippen sorgfältig auseinander. Mit den flachen Fingern fuhr ich zwischen den geöffneten Schamlippen hinauf und hinab. Ich umkreiste den Kitzler. Ich strich um die Löcher. Das kleine, kaum sichtbare, aus dem ein Tropfen Urin drang. Das große, tiefe, das weit in sie hineinging. Ich führte meine Finger in sie hinein. Ich wühlte in ihr, bis sie nass war. Bis sie ein wenig seufzte. Dann ließ ich von ihr ab.

XII

Sie lag unter mir wie eine Tote, schrieb er, mit offenem Mund und geschlossenen Augen. Sie erwartete meinen Kuss.

XIII

Ich lag hinter ihr, an ihren Rücken geschmiegt, tief in ihr drin. Müde, schwer von der vergangenen Anstrengung, lehnten sich unsere Körper gegeneinander. Ich konnte das Gewicht förmlich fühlen, das ihre Brüste einmal gehabt hatten. Als ob ich sie in den Händen hielte. Dabei bedeckte ich nur ihre Wunden. Über ihre Schulter hinweg sah ich auf den Bahnhof und auf die Stadt. Es regnete. Wir hörten Musik aus dem Zimmerradio. Manchmal bewegte ich mich ein wenig in ihr. Sie stöhnte leise. Auf dem Flur gingen Türen auf oder zu. Während unter uns Züge einliefen und ausfuhren, abwechslungsweise, und sich entluden und füllten. Ihre Brems- und Anfahrgeräusche drangen durch die geschlossenen Fenster zu uns herauf.

XIV

Dann lag ich auf ihr, sagte er. Ich deckte ihren schmaleren Körper mit meinem breiteren Körper, ihren kürzeren Körper mit meinem längeren Körper zu. Ich drehte mich auf den Rücken. Ich hatte Lust, Frau zu sein. Ich versuchte, mich weit zu machen, ich spreizte mich weit auseinander, ich zog sie zwischen meine offenen Beine. Mit den angewinkelten Unterschenkeln drängte ich sie über mich, in mich hinein, als ob das ginge. Mit den Fersen schlug ich auf ihrem Hintern den Takt. Ich schloss meine Füße über ihrem Rücken zusammen. Als es in mir zuckte, wusste ich nicht mehr, ob ich es war oder sie, ob ich in ihr war oder sie in mir, wer in wen hinein auslief, zu wem dieses prallvolle, sich entleerende Stück gehörte, das unsere Leiber verband, und wem welcher Saft.

XV

Sie lag auf mir. Sie ruhte sich aus. Ihr Kopf beschwerte meine Schulter, ihre harte Brust drückte auf meine Brust, ihr Haar hing mir über Hals und Mund, sodass ich kaum atmen konnte, ohne mich an ihr zu verschlucken. Ich bat sie, sich auf mein Gesicht zu setzen. Sie tat es. Zuerst mir zu-, dann von mir abgewandt, mit dem Rücken zu mir. Mit den Fingern blätterte ich ihre Schamfalten auseinander, mit den Händen sprengte ich ihren Hintern auf. Ich leckte sie, ihre Rinne, ihre Rosette. Ich nahm so viel von ihr in den Mund, wie ich nur konnte, saugte sie ein, lutschte sie, trank den Saft aus ihrem nassen Fleisch, kostete ihren Geschmack. Ich steckte meine Zunge in sie hinein, vorne, hinten, so tief es ging, atmete mit dem Mund an ihrem ersten, mit der Nase an ihrem zweiten Loch, weidete mich an diesem dunklen Ort, betäubte mich an seinem dumpfen Geruch. Als es nirgends mehr tiefer ging, kurz vor dem Ersticken, warf ich sie ab, sagte er.

XVI

Ihre Blase war voll, sie ging ins Bad, er folgte ihr. Sie saß auf der Schüssel, schrieb er, mit geschlossenen Beinen. Ich stellte mich vor sie hin. Sie nahm mich in den Mund. Mit den Händen umklammerte sie meinen Arsch. Ich stieß mit dem Becken in sie hinein, ich zog mich zurück, stieß wieder, entzog mich ihr ganz. Ich beugte mich über sie. Ich küsste sie. Mit der Rechten drängte ich ihr die Schenkel auseinander. Ich hatte die Hand an ihrem Geschlecht, an ihren geöffneten, zuckenden Lippen, an ihren

Löchern. Ein harter Strahl schoss aus ihr heraus, in meine Handfläche. Das warme Wasser rann durch meine Finger, schlug unten auf den Stein. Aus der Tiefe, aus dem Abfluss, wo das wärmere Wasser auf das kältere auftraf, stiegen die Dämpfe hoch. Ich atmete tief, ich sog sie tief in mich hinein, ich füllte meine Lungen mit ihnen, so weit ich konnte. Ich hatte Lust, meine Finger abzulecken, sie, was aus ihr herauskam, jeden Tropfen von ihr, zu trinken. Ich bat sie, sich über mich zu stellen. Ich legte mich auf den Boden, auf die Fliesen, auf den Rücken; ich breitete mich unter ihr aus, zwischen ihren gespreizten Beinen, unter dem Wasserfall; ich sah, wie er im Bogen aus ihr herausspritzte; ich wölbte mich ihm entgegen, ich warf den Kopf, ich suchte mit offenem Mund die Mitte des Strahls; ich trank ihn, ich trank sie, ich trank ihre ganze Wärme in mich hinein, schrieb er. Aber da war sie auch schon versiegt.

XVII

Wir lagen auf dem nassen Boden, sie lag auf dem Rücken, sie aalte sich in ihrem eigenen Wasser, ich schaute ihr zu. Ich hörte die Saug- und Schnalzgeräusche zwischen ihrer feuchten Haut und der Feuchtigkeit unter ihr. Ich spürte mein eigenes Wasser. Ich kroch auf ihren Bauch. Ich zwängte mich in sie hinein. Sie ließ es zu, ließ mich in ihren Fischleib ein, schloss ihre Flossenbeine um mich zusammen, zog mich in ihre Schwimmbewegung hinein. Sie fasste mich um den Hintern. Mit einem Finger fuhr sie mir zwischen die Backen, strich ein paarmal auf und ab, dann suchte sie das Loch, bohrte es auf, stieß den Finger hinein, ich hätte nicht sagen können, wie tief. Ich fühlte mich von ihrem Finger ausgefüllt, er drückte mir auf die Harnröhre. Ich hielt dem Druck nicht mehr stand. Ich konnte das Wasser nicht mehr halten. Ich ließ den Schließmuskel los, ich ließ es laufen, ich urinierte in sie hinein, bis sie überlief und ich leer war und am Ende alles in ihrem großen schwarzen Busch versickerte. Das sah ich, schrieb er, während ich aus ihr herausrutschte und langsam von ihr herab und zur Seite rollte.

XVIII

Nachdem sie geduscht hatten, gingen sie ins Zimmer zurück. Inzwischen war es Nacht geworden. Wir machten die Nachttischlampen, dann auch das Deckenlicht an, sagte er, abgedecktes Neonlicht, das unsere nackten Körper gleichmäßig beleuchtete. Von dem ein feines Sirren ausging, das als Flirren und Oszillieren des Lichts auf den Zimmerwänden auch buchstäblich zu sehen war. Von draußen mischten die Scheinwerfer, welche die Geleise ausleuchteten, ihr fahles Licht dazu. Der Regen hatte ein wenig nachgelassen, sagte er. Wir waren müde. Wir warfen uns in die Sessel, einander gegenüber. Wir hatten Hunger und Durst. Wir stillten und löschten ihn mit Snacks und Getränken aus der Minibar. Wir machten den Fernseher an. Irgendwo waren zwei Flugzeuge zusammengeprallt. Wir machten den Fernseher wieder aus.

XIX

Er wollte sehen, wie sie es sich selber machte. Von Hand und mit Gegenständen. Mit einem Finger, mit zwei, mit mehreren Fingern, mit zu einer einzigen Reibefläche verbundenen Fingern, mit Fingern hinten und vorne gleichzeitig. Mit gespreizten, mit zusammengepressten Schenkeln. Mit weit von sich gestreckten, mit auf den Sessel hinauf-, an den Körper herangezogenen Beinen. Mit Flaschen, mit Flaschenhälsen; mit Früchten aus der Fruchtschale. Bananen, Birnen. Sie öffnete sich weit, sagte er, so weit sie konnte. Bohrte mit den Händen vor, hinten, vorn. Sie steckte die Bananen zur Hälfte in sich hinein, den Rest schälte sie, ich biss hinein, ich aß sie auf, so weit hinab, wie es ging, den Rest gab ich

84

ihr. Ich schlug meine Zähne in das dickere Ende der Birne, die sie mit dem Stielende voran in sich hineindrehte, ich saugte den Fruchtsaft heraus. Von Mund zu Mund gab ich ihr davon zu trinken. Bis nichts mehr übrig blieb außer Schalen und Bitzen. Und außer den Birnenkernen, die wir auf den Boden spuckten.

XX

Wir machten es uns beide selbst. Wir saßen einander gegenüber, beide in unseren Sesseln, mit weit geöffneten Beinen. Wir schauten einander zu, auf das Geschlecht, auf die Hände, in die Gesichter. Wie sich die Gesichter verzerrten. Wie sich die Gesichter verklärten. Bis es uns beinahe kam. Bis unter die Schwelle. Dann brachen wir ab. Ich wollte sehen, ob es möglich war, ohne Hände, ohne Berührungen, ohne Beihilfen jeglicher Art, durch reine Anschauung, nur durch die Vorstellung über die Schwelle zu kommen. An die Schwelle heranzukommen. Wenigstens das letzte Stück. Höchstens der Einsatz von Muskelkontraktionen, das Zusammenkrampfen und Loslassen und wieder Zusammenkrampfen des Schließmuskels, sollte erlaubt sein. Wir saßen im Schneidersitz auf den Polstern, wir erhoben uns auf die Knie, wir setzten uns wieder hin. Wir schauten uns an, in die Augen, auf den zuckenden Schoß, auf das wippende Glied; ich stellte mir die Brüste vor, die sie nicht hatte. Es half nichts. Es ging nicht. Beiderseits nicht. Wir brachen den Versuch endlich ab.

XXI

Wir knieten uns auf den Boden, hintereinander, einander gegenüber, abwechslungsweise. Wir machten es uns gegenseitig von Hand. Sie leckte sich die Finger, sie spuckte sich in die Handflächen, sie zupfte, drehte, knetete, zerrte an mir. Ich holte den Saft aus ihrer Spalte, ich schleimte, seifte, rieb sie damit ein. Mit dem Mittelfinger der freien Hand drang sie in meinen After, ich schob ihr Daumen und Zeigefinger in After und Möse. Wir trieben uns an. Wir trieben uns an die Grenze. Wir trieben uns weit über die Grenzen hinaus.

XXII

Wir nahmen einander in den Mund, sagte er, immer wieder. Ich kniete vor ihrem Sessel, sie legte mir die Beine über die Schultern. Ich lutschte sie, leckte sie aus, saugte sie ein, mit Lippen und Zunge, ließ mir ihre nassen Schamlippen, ihren nassen Kitzler auf der Zunge zergehen. Sie kniete vor mir, ich stand. Ich sah ihr zu, wie sie mich mit der Zunge umkreiste, wie sie mich einsog, wie sie mir in den Schaft biss, wie sie mich aß; wie meine Spitze von innen gegen ihre Wange stieß, wie mein Stoß ihre Wange ausstülpte.

XXIII

Wir kehrten aufs Bett zurück, sagte er. Wir schlossen uns kurz, Kopf bei Geschlecht, Geschlecht bei Kopf. Wir lagen ineinander verschränkt und verschlungen. Wir waren ein einziger in sich geschlossener, in sich gekrümmter Leib. Jeder hatte sein Gesicht zwischen den Schenkeln des andern. Wir umschlossen einander, wir ließen uns frei, wir schlossen uns wieder ein. Wir verkrochen, wir verbissen uns ineinander. Wir bissen, wir stießen uns vorwärts. Wir drehten uns im Kreis. Wir drängten uns aneinander und ineinander, bis wir nicht mehr wussten, wer wer war. Wir verschlangen uns. Wir fraßen uns auf, wir tranken uns aus. Bis wir leer waren, bis wir voll waren, beides.

XXIV

Sie drehte sich auf den Bauch, sagte er. Sie wölbte mir den Hintern entgegen. Ich öffnete ihn, ich
sprengte ihn auf, ich drang in ihn ein. Ich ritt sie.
Mit weit abgespreizten Schenkeln saß ich auf ihren
Backen und schlug sie auf Flanken und Rücken. Ich
trieb sie an. Ich peitschte sie mit den Händen, links,
rechts, ich gab ihr die Peitsche. Sie bäumte sich unter mir auf und versuchte mich abzuwerfen. Ich
hielt mich an ihren Brüsten fest; aber da waren ja
keine Brüste. Umso enger drängte ich mich an sie
heran, umso tiefer zwängte ich mich in sie hinein.
Ein paarmal stöhnte sie leise auf, sagte er, dann ver-
stummte sie wieder.

XXV

Ich stieg von ihr ab, sagte er. Ich kniete mich neben
sie und betrachtete ihren geröteten Rücken. Ich zog
ihr die Arme unter dem Körper hervor. Ich spreizte
ihr die Beine weit auseinander. Mit Stoffstreifen, die
ich aus dem Laken riss, band ich sie und spannte sie
bäuchlings, wie sie da war, kreuzweise aufs Bett. Der
Saft rann ihr aus der Rosette über das Schambein
hinab und in die Spalte. Als ich ihren Arsch damit
einrieb, öffnete sich der Schließmuskel unter dem

Druck der Finger so leicht, dass der mittlere unwill-
kürlich in sie hineinglitt. Zögernd, vorsichtig, immer tiefer, bis zum Anschlag. Als ich einen zweiten
Finger dazunahm, stöhnte sie ein wenig auf. Beim
dritten begann sie zu wimmern. Als es die ganze
Faust war, die sich jetzt in ihr drehte, schrie sie so
laut, dass ich ihr mit der anderen Hand den Mund
zupressen musste, damit wir unsere Zimmernach-
barn nicht störten. Als sie ganz still war, schrieb er,
zog ich meinen Arm wieder aus ihr heraus.

XXVI

Ich wischte mir am Laken die Hand ab. Ich band sie
los und drehte sie auf den Rücken. Ich legte mich
an sie. Über sie. Ich wollte sie mit mir bedecken.
Ich wollte meine Haut über die ihre ziehen. Sie mit
mir umgeben, mich an ihren Adern bergen. Aber es
war klar, sagte er, dass das nur ging, wenn ich mich
oder sie aufschnitt.

XXVII

Als ich aufstand, schrieb er, ging es schon gegen
Morgen. Deutlich waren die Rangiergeräusche vom
Bahnhof herüber zu hören. Es hatte aufgehört zu

regnen. Triefend, blutrot rollte die Sonne über die Dächer herauf. Ich machte das Licht im Zimmer aus. Ich öffnete die Fenster. Ich zog die Tür hinter mir zu. Als ich in meinem Abteil im Zug nach Paris saß, dachte ich an die Nacht zurück und an das Zimmer und an die Frau. Wahrscheinlich ist sie ein todunglücklicher Mensch gewesen, dachte ich, gab er zu Protokoll. Während ich im Zug von ihr wegfuhr.

Traum, aus dem ich erwache

Traum, aus dem ich erwache, den ich hier mitten in der Nacht aufschreibe: Ich bin in der Nacht unterwegs, auf einem steilen Waldpfad. In derselben Nacht, in der ich gerade noch geschlafen habe, in der ich gerade noch geträumt habe, in der ich soeben aus eben dem Traum erwacht bin, den ich jetzt aufschreibe. Unmittelbar danach, unmittelbar nach dem Erwachen, unmittelbar nachdem ich ihn geträumt habe; und im Grunde träume ich ihn noch immer, im Grunde bin ich noch immer in meinem Traum gefangen.

Der Pfad beginnt hinter dem Haus, in dem ich tagsüber wohne. Nachts natürlich auch. In dem ich jetzt also schlafe, im ersten Stock, in meinem Zimmer, das ich wieder gemietet habe, wie jeden Sommer, seit dreißig Jahren, hier oben in den Bergen, auf dieser Hochebene, auf dieser Seenplatte, wenn es unten im Tiefland, in der Stadt, wo ich den Rest des Jahres verbringe, zu heiß wird, um atmen zu können. In diesem mit Holz verkleideten Zimmer nach hinten hinaus, das sie das Alkovenzimmer nennen, das ich bevorzuge, weil es von der Dorfstraße, an der das Haus liegt, abgewandt ist, weil es das stillste ist und weil der Blick aus dem kleinen, doppelten Fenster bei Tag auf den Waldhang hinausgeht, an den das Haus angelehnt ist, durch dessen Äste und Zweige nichts als der Wind zieht und ab und zu ein Reh, das zum Äsen auf den Talboden herabsteigt.

Hinter diesem Haus, in dem ich jetzt schlafe, beginnt also der Weg, den ich gegangen bin. In zwei, drei Serpentinen führt er hinauf zu einem zweiten, etwas höher als das Haus gelegenen Talboden, auf doppelter, dreifacher Haushöhe ungefähr, ein Wiesental eigentlich, ein Moorgrund, über den er hinüberläuft, über Holzbohlen teilweise, da, wo das Wasser zu sehr aus der Erde drängt, um drüben weiter den Abhang hinaufzusteigen, bis an die Baumgrenze, bis über die Baumgrenze hinaus, die in den letzten Jahren dem Weg entlang mit mir beinahe unmerklich immer höher geklettert ist. Wie die Flora, wie die verschiedenen Blumenarten übrigens auch. Aber schon unten, gleich in der ersten steilen Kehre, die mit Holzgeländern gesichert und durch quergelegte und zu Stufen gefügte Balken gangbarer gemacht ist, blüht auch in diesem Sommer wieder die wilde Clematis, die in all den Jahren, in denen ich hierher zurückgekommen bin, zu meiner Lieblingsblume geworden ist, in ihrem zarten, gebrochenen Graublau, zu meiner romantischen Blauen Blume.

Nach dem Moorgrund, einige Kehren weiter oben, aber noch unter der Baumgrenze, auf halber Höhe zwischen Tal und Gipfel, habe ich diesmal die Abzweigung nach links genommen, die flach, immer dem Hang entlang, hoch über den Ufern, die man in der Nacht aber nicht sehen kann, obwohl die Bewaldung hier locker ist, von einem See zum andern hinüberführt, am Ende sogar wieder ein wenig abfallend, ich bin jetzt genug gestiegen. Gerade ruhe ich mich ein wenig aus, auf einer Wegbank, die sie hier Die letzte Bank nennen, obwohl es natürlich, würde man weitergehen, immer wieder eine andere letzte Bank gäbe. Ich habe meinen Rucksack abgenommen und neben mich auf das Sitzbrett gestellt. Das Geschenk einer Frau, mit der ich früher, vor undenklichen Zeiten, auch einmal auf dieser Bank gesessen bin, die mich schon lange verlassen hat. Ich habe ihm ein paar Dinge entnommen, das Nötigste, das ich jetzt brauche, einen Briefumschlag, einen Bogen Papier, meinen Füllfederhalter. Alles halte ich in der Hand, in meinen zwei Händen. Ich will meine Nichtsangst, die ich endlich im Kopf habe, endlich auch aufschreiben. Jahrelang habe ich sie mit mir herumgetragen, auch hier oben, auch im Gebirge, in meinen

Bergsommern, endlich habe ich die endgültige Formulierung im Kopf, sie muss aufs Papier, auch wenn ich noch nicht weiß, wem ich sie schicken werde, auch wenn noch keine Anschrift auf dem Briefumschlag steht.

Aber da klopft es, zuerst leise, dann lauter, an diesen Kopf, in dem ich jetzt alles habe, jemand will in meinen Kopf, denke ich, in dem jetzt alles ist, und ich frage mich, ob ich ihm aufmachen soll, ob ich ihn hereinlassen will. Und während ich mich das frage und während ich langsam daran erwache, wächst in mir die Furcht, meine Nichtsangst, die ich eben erst gefunden habe, gleich wieder zu verlieren. Sie ist ja noch nicht einmal aufgeschrieben, nur den leeren Briefbogen halte ich in der Hand, und einen Briefumschlag trage ich bei mir, der aber noch nicht adressiert ist, und auch meinen Absender trägt er noch nicht. Und als ich ganz wach bin, oder das wenigstens glaube, in meinem alten, knarrenden Holzbett, in meinem mit Holz verkleideten Alkoven, taste ich nach dem Schalter der Nachttischlampe, die rechter Hand, direkt neben meinem Kopf, ein wenig erhöht, auf einer Konsole steht, denn es ist finster; doch als ich ihn finde, am Lampenfuß aus Messing, kaum einen Fingerbreit unter der Fassung, und als ich ihn drehe, an einem kleinen Flügel aus Bakelit, von dem zudem ein Stück fehlt, der tagsüber und wenn das Licht angeht schwarz ist, da flammt die Lampe nur auf und erlischt, mit einem kurzen, zischenden, peitschenknallartigen Geräusch, noch bevor ich etwas gesehen habe, und auch dieser trockene, verhaltene Knall ist schon wieder vorbei. Die Birne ist explodiert, und ich muss sie im Dunkeln mit der Birne aus der anderen Nachttischlampe, auf der anderen, linken Seite des anderen, leeren Bettes, austauschen, die dort auf ihrer Konsole steht. Mühsam tue ich es, mühsam versuche ich es; ich setze mich auf, ich stelle die Füße zu Seiten des Bettes auf die Planken des Holzbodens, ich schiebe mich an ihrem Fußende um die Bettrahmen herum; mit blinden Fingern schraube ich die Birnen beidseits aus ihren Fassungen heraus und über kreuz wieder ein. Ich brauche ja Licht, damit ich die Nichtsangst, die ich in der Finsternis plötzlich hatte, in diesem Licht endlich aufschreiben kann; gleich, jetzt in der Nacht. Denn ich habe Angst, sie wieder zu vergessen. Und ich habe sie schon vergessen, und ich kann nur noch den Traum davon aufschreiben. Und das tue ich jetzt. Und während ich es tue, stelle ich plötzlich fest, dass das Klopfen in meinem Traum, in meinem Kopf, an meinen Kopf, zuerst leise, dann lauter, vielleicht gar kein Klopfen gewesen ist, und schon gar nicht an meinen Kopf, sondern nur das Knarren und Knacken zuerst des Bettes, dann des

Bretterfußbodens im Nachbarzimmer, in dem mein
Zimmernachbar erwacht ist, mit dem ich Kopf an
Kopf schlafe, nur durch eine dünne Holzwand
getrennt. Wahrscheinlich wie jede Nacht, min-
destens einmal; er ist nicht mehr der Jüngste, so
wie ich auch nicht, der Harndrang treibt uns hinaus; manchmal hören wir uns, manchmal nicht,
wer kann das wissen. Mein Bett knarrt ja auch,
die Riemenböden in unseren Zimmern und in
den Gängen knarren, die Türen knarren, das ganze Haus knarrt; es reicht schon ein Windstoß von
draußen oder ein Anstieg oder ein Absinken der
Temperatur. Leise ist er durch den Flur vor meiner
Tür und die steile Treppe hinab zur Toilette gegangen, und leise kehrt er zurück. Wie wahrscheinlich
immer. So leise wie möglich. Vielleicht bin auch ich
es gewesen, der ihn geweckt hat. Vielleicht ist es das
Knarren meines Bettes, vielleicht ist es das Knacken
meines Fußbodens gewesen, das uns an die Köpfe geklopft hat, wer will das wissen. Das ist nicht
die Frage. Aber wie soll ich nach all dem denn jetzt,
morgens um fünf und mit halb voller Blase, oder
nach dem umständlichen Leeren der Blase, nachdem ich die Treppe hinab- und wieder hinaufge-
stiegen bin, mühsam den Sturz in der Dunkelheit
wieder einmal vermeidend, in meinen Schlaf zu-
rückfinden? Und von da in den Traum? Und dann
wie weiter? Denn dort sitze ich ja noch immer mit

Papier und Schreibzeug in der Hand und mit der Nichtsangst im Kopf auf meiner Bank und warte, bis ich zurück bin.

Letzte Liebe

Natürlich hätte er ihr das nicht sagen dürfen. Auch nicht aus Mitleid. Nichts in dieser Art. Nicht einmal denken. Er wusste nicht einmal, ob es überhaupt wahr war. Nein, er wusste, dass es nicht wahr war. Es war leicht, so etwas zu behaupten, wenn es sich nicht bewähren musste. Selbst wenn es wahr gewesen wäre, er hätte ihr nichts zu bieten gehabt. Altes Eisen, das er ja war. Es hätte ihm auch nicht zugestanden. Ihm stand überhaupt nichts mehr zu. Und das war richtig so. Er hatte sein Teil schon gehabt. Mehr als das, er hatte es immer noch. Fünfmal in seinem langen Leben hatte ihn die Liebe besucht, und jetzt wohnte sie noch immer bei ihm. Das war die Wahrheit.

Beim ersten Mal war er ihr noch gar nicht gewachsen gewesen. Die Wohnung war nicht bereitet. Die Bettstatt schon gar nicht. Die Tür war weit offen gestanden. Zuerst leise, dann übermütig hatte sie angeklopft. Er hatte es gehört. Auch in seinem Herzen hatte es laut geklopft, so nannte man das damals ja noch. Aber er hatte sie nicht hereingebeten. Er hatte sie nicht über die Schwelle getragen, sondern sie draußen stehen gelassen. So hatte sie es empfunden, das hatte sie ihm später, als es schon längst zu spät war, einmal gesagt. Da war sie weitergezogen, zu einem andern, und es war ihm nicht einmal unrecht gewesen. Was hätte er mit ihr anfangen sollen? So sehr war sie in der Luft gelegen, dass er ja nicht gewusst hätte, wie sie auf die Erde stellen. Er hätte Angst davor gehabt, sie zu zerbrechen. In seinen unbegabten, ungeübten Händen. Damals hatte es für ihn auf Frauenseite nur Madonnen und Huren gegeben, und sie war eine Madonna. Die Madonna berührte man nicht. So war sie ihm nie zerbrochen. Einmal hatte er davon geträumt, dass sie von ihm schwanger wäre. Sie hätte von ihm einen dicken Bauch. Nur schwer war er aus dem Traum wieder herausgekommen. Er hatte sich davor gefürchtet, ihr wieder zu begegnen und ihren Bauch zu sehen. Den Bauch hatte sie aber vom andern. Mit dem hatte sie dann ihre vier Kinder. Und er machte seine Fingerübungen ohne die Liebe.

Die zweite Liebe hatte er immerhin auf die Stirne geküsst. Nach einem langen Weg durch die Nacht, auf dem er sie nach Hause begleitet hatte, die Frohburgstraße hinauf, es ging gegen Morgen. Eine gemeinsame Studienfreundin hatte für sie gekocht, zum Semesterende, es war spät geworden. Da hatte er die Welt im Sack gehabt, das war sein Gefühl gewesen. Aber dort hatte er auch seine Hände, in den Säcken, in den Hosensäcken, zu beiden Seiten, er hatte sie nicht herausgenommen. So waren sie nebeneinander hergegangen, ohne zu reden, jedenfalls nicht viel. Auch sie hatte er nicht berührt. Er hatte sie nicht bei der Hand genommen. Er hatte seinen Arm nicht um sie gelegt. Auch sie war eine Heilige gewesen. Nur dieser Kuss zum Abschied auf ihre Stirn. Und alle fünf Jahre wollten sie sich wiedersehen, das hatten sie sich noch versprochen. Dann war er wieder zurückgegangen. Sie hatten nicht den gleichen Weg.

Ihre Wege hatten sich wieder gekreuzt. Sie war aus dem Süden zurück, er aus dem Norden. Sie hatte ihr Glück, das sie in der Kindheit verloren hatte, da wiedergefunden, er dort das seine, das mehr im Unglück gelegen hatte. Im Sonnengebet des Franz von Assisi war sie endlich zur Sonne geworden, die sie den Eltern immer schon hätte sein müssen. Ihr schwarzes langes Haar hatte sie kurz geschnitten, damit sie Gott gefällig wäre, nicht aber den Menschen. Vor allem nicht mehr den Männern. Ihm hätte sie trotzdem noch immer gefallen. Eine Art Kloster für Paare wollte sie gründen. Sie hatte ihn gefragt, ob er ihr dabei helfen wolle. Er hatte es nicht gekonnt. Sein Weg führte in die entgegengesetzte Richtung. In fünf Jahren wollten sie sich wiedersehen.

Dazwischen waren sie sich einmal im Wasser begegnet. Im See vor der Stadt. Er war hinausgeschwommen, sie war von draußen zurückgekommen. Ihre Bahnen hatten sich gekreuzt. Nur ihre Köpfe waren zu sehen gewesen. Sie hatten sich zugelacht, aber sie hatten nicht angehalten. Sie waren weitergeschwommen, jeder in seine Richtung. Sie hatten sich für später am Ufer auch nicht verabredet. Als er zurück war, hatte er sie dort nicht mehr wiedergefunden.

Nach Ablauf der fünf Jahre, als sie sich wiedersahen, unter Bäumen, bei einem Glas Wein, in einem Gasthausgarten, hatte sie ihm gesagt, sie hätte sich manchmal gefragt, was sie sich wohl einmal im Rückblick, vom Himmel aus gesehen, gewesen sein würden, hier, auf der Erde, jetzt. Und er hatte gesagt, die Versuchung. Die Versuchung?, hatte sie gefragt und gelacht. Die gegenseitige Versuchung, aus Liebe vom eigenen Weg abzugehen, hatte er ihr erklärt. Sie waren ihr nicht erlegen. Dann hatten sie sich nicht mehr wiedergesehen. Ihr Kloster hatte sie mit einem anderen gegründet.

Die dritte Liebe hatte auch an der Frohburgstraße gewohnt, als er sie kennenlernte. Zufälligerweise. Das war etwas später gewesen, aber es hatte sich mit der zweiten anfangs noch überschnitten. Sie war dort nahe am Wald aufgewachsen. Ihre erste gemeinsame Nacht hatten sie da, im Haus ihrer Eltern, in ihrem Kinderzimmer verbracht. Sie war nicht von Erfolg gekrönt gewesen, der Alkohol hatte ihm einen Strich durch die Rechnung gemacht. Am Morgen war er im Bad auf ihren Vater und dann in der Küche auf ihre Mutter gestoßen. Beim gemeinsamen Frühstück hatte er sich ihnen erklären müssen, während die neue Liebe im Bett der Schwester, die nicht mehr im Haus lebte, noch ihren Rausch ausschlief. So hatte es mit ihnen begonnen.

Sie hatte er wirklich begleitet, nicht nur nach Hause, den Waldrand entlang, ein Stück durch ihr Leben. Oder sie ihn durch das seine. Anfangs war es dasselbe gewesen. In ein Buch, das er ihr schenkte, hatte er die Widmung hineingeschrieben: Wenn die Zeit reif ist, wirst Du in mir lesen. Sie hatte es ausgiebig getan. In ihm und im Buch. *Der Nachsommer* war es gewesen. In ihrem Lieblingsrestaurant waren sie einander gegenübergesessen, während sie darüber sprachen. Darüber, dass alles seine richtige Zeit hatte. Aus Brosamen hatte er auf dem Tischtuch eine dünne Trennlinie zwischen seiner und ihrer Seite gezogen. Die hatte sie einfach mit dem Zeigefinger durchstoßen. Unter der Kirche hatten sie dann auch zusammen gewohnt. Das war die Adresse, aber so war sie auch wirklich gelegen. Direkt unter dem Kirchturm, am Abhang zum See, hatten sie ein kleines Arbeiterhäuschen günstig mieten können. Mit eigenem Obstgarten, mit einer weißen und einer blauen Traube, mit einer Aussichtsbank auf einer kleinen Terrasse am oberen Rand der Wiese, die sie sich mit Palisadenpfählen selbst in den Hang gebaut hatten, die reine Idylle. Es war zu früh dafür gewesen. Sie konnten sich nicht der Wegrand sein. Ein Herz war ein zu kleiner Hügel, um dran zu ruhn. Noch. Um es mit Lasker-Schüler und Benn auszudrücken, wie sie es damals taten. Das Kind, das sie hätten haben können, hatten sie nicht gewollt. Auch das wäre zu früh gewesen. Und doch: Die tröstende Berührung ihrer Hand auf der Stirn, als er in seinem Zimmer unter dem Dach einmal lange schwer krank lag, hatte er nie mehr vergessen. Die spürte er immer noch.

Die vierte Liebe kam hinterrücks. Er hatte sich umgedreht, und da war sie hinter ihm gestanden und hatte ihn angelacht. Aber da war sie noch anders besetzt gewesen. Er hatte sie aus den Augen verloren. Er hatte nach ihr gesucht, aber er hatte sie nicht mehr gefunden. Sie hatte ihn immer im Auge behalten. Und dann waren sie sich wiederbegegnet, in einer anderen Stadt, in der sie zufällig beide zu tun hatten. Ein See hatte dabei eine Rolle gespielt. Ein Spazierweg an seinem Ufer, der rund um ihn herumführte. Ein Nadelwald, in den beide, See und Uferweg, eingebettet waren. Das Gewölbe der Äste. Der weiche Boden darunter. Ein Mond, der darüber stand und fast voll war. Seine vorsichtigen, aber entschlossenen Hände, die sie so nannte. Ein Tuch, das im Fahrtwind aus dem geöffneten Fenster flatterte, das sie ihm zurückließ, als sie im Zug von ihm wegfuhr. Das er ihr später zurückgeschickt hatte.

Mit ihr hatte er sich einen Augenblick lang sogar ein Kind vorstellen können. Zum ersten Mal im Leben. Am liebsten natürlich ein Mädchen, das ihr geglichen hätte. Um sie darin zu verewigen. Oder wenigstens zu verlängern. Ihrer Jugend mehr Dauer zu geben. Als sie wieder gegangen war, um diese Jugend mit einem Jüngeren als ihm zu teilen, hatte er auch den Wunsch nach dem eigenen Kind begraben.

Mit der fünften Liebe war er sogar in der Kirche gewesen. Ohne Priester, nur sie beide. In einer Anna-Selbdritt-Kapelle im Gebirge. Nachdem ihr Blick ihn, gleich bei der ersten Begegnung, wie von weit hinter ihren Augen direkt aus dem Himmel getroffen hatte. Und sie sich, nicht nur im biblischen Sinn, erkannt hatten. Da, in der Bergkirche, hatten sie Rast gemacht. Abkühlung gesucht, an jenem heißen Sommertag, die Fresken besichtigt.

Da hatte sie ihn plötzlich auf die Lippen geküsst. Ihm den Brautkuss gegeben. Ein anderer Kuss wäre in einer Kirche ja nicht erlaubt gewesen. Das hatte er ihr gesagt, als sie wieder hinaustraten, ins helle Berglicht, und ihren Weg fortsetzten, den schmalen Pfad durch Wiese und Wald, einmal sie vor ihm, einmal er vor ihr. Und dann, gegen Abend, mit den fallenden Wassern, wieder ins Tal hinab. Und am nächsten Tag weiter. Den gingen sie immer noch.

Und zu Gott, an den er nicht glaubte, hatte er später, in einer anderen Kirche, auf einer anderen Reise, gebetet: Lieber Gott, lass mir sie; bitte, nimm mir die nicht mehr weg. Er hatte sie ihm nicht mehr genommen. Und im Jahr darauf hatte er mit ihr Ringe getauscht. Er hatte das so gewollt. Dünn, fein, aber aus Gold. Wieder in der Bergkapelle, in der sie sich schon den Verlobungskuss gegeben hatten. Nahe unter dem Himmel. Einmal in seinem Leben sollte es gelten.

Und sie hatte ihm ja auch ihr Kind mitgebracht. Eine Tochter. Damals war sie fünf gewesen, jetzt war sie bald fünfundzwanzig. Das war auch eine Liebe geworden. Also hatte ihn die Liebe nicht nur fünf-, sondern sechsmal besucht. Mit der fünften und sechsten war er noch immer zusammen. Und würde er bis ans Ende des Lebens zusammenbleiben.

Soweit sich so etwas überhaupt sagen ließ. Anna Selbdritt eben. Auch wenn das Kind nun gelegentlich auszog.

Und nun war da also diese junge Frau neben ihm gesessen. Im Konzertsaal, in der ihm fremden Stadt. In der Dunkelheit, im Auftrittsapplaus für den Dirigenten, hatte sie sich im letzten Moment, von der Reihe hinter ihm, wo sie halb hinter einer Säule gesessen hatte, unter dem Geländer hindurch auf den freien Sitz zu seiner Rechten hinabgehangelt. Sie hatte etwas ältlich gerochen, nach Moschus; das Waschmittel wahrscheinlich, das noch in ihren Kleidern hing. Eine Erinnerung an die Mottenkugeln in den Wäscheschränken seiner Großmutter war in ihm hochgekrochen. Im Dunkeln, von der Seite, hatte sie ihn trotzdem ein wenig an seine erste Liebe erinnert. Obwohl die, im Gegensatz dazu, immer ein erfrischendes, feines Zitronenparfum verwendet hatte. Nach dem Konzert, im Aufstehen, beim Hinausgehen, hatte sie sich für das Sich-Vordrängen in letzter Sekunde entschuldigt. Auf dem Flughafen, ein paar Tage später, wo sie auf ihre verschiedenen Flüge warteten, waren sie sich zufällig wieder begegnet. Sie hatte ihm von ihrem Buch erzählt, an dem sie seit Jahren arbeitete, dessentwegen sie jetzt auch in der Stadt gewesen war, mit dem sie nicht fertig wurde. Es hatte ihn an *Erste Liebe* von Turgenjew erinnert, das ihn in jungen Jahren sehr beschäftigt hatte. Und später in Schells Verfilmung noch einmal von Neuem. Die Ungleichzeitigkeit des Erwachens der Liebe bei den beiden Geschlechtern und was sie im Geschlechterverhältnis auf Dauer zerstörte. Er hatte es ihr gesagt. Er selber hatte sein halbes Leben dazu gebraucht, sich davon wieder zu erholen. Sie war ein wenig errötet; dunklere Flecken auf den sonst blassen Wangen. Liebt Sie denn jemand?, hatte er sie plötzlich gefragt. Nein, hatte sie geantwortet, mit der Liebe habe ich wenig Glück gehabt. Darauf war sie still geworden. Ich, hatte er gesagt, nach einer Weile, in die Stille hinein, wenn ich jung wäre wie Sie, und ich hätte meine Liebe noch nicht gefunden, und auch die vorangehenden nicht gehabt, und wüsste trotzdem, was das ist, zu lieben, ich würde Sie vielleicht lieben. Sehen Sie, hatte sie nur gesagt, so habe ich mit der Liebe wieder kein Glück.

Originalausgabe
1. Auflage

Umschlag: Andrea Schneider, b3K, Hamburg – Frankfurt a. M.
Umschlagmotiv: © Getty Images / Cam Barker
Druck und Bindung: GGP Media GmbH, Pößneck
Printed in Germany 2011
ISBN 978-3-7160-2671-7

www.arche-verlag.com